배신 기사의 유쾌한 신의 10

초판 1쇄 발행 2024년 2월 15일

지은이 ǀ 가언
발행인 ǀ 최원영
편집장 ǀ 이호준
편집디자인 ǀ 한방울
영업 ǀ 김민원 조은걸

펴낸곳 ǀ ㈜ 디앤씨미디어
등록 ǀ 2002년 4월 25일 제20-260호
주소 ǀ 서울시 구로구 디지털로 26길 111 JnK디지털타워 503호
전화 ǀ 02-333-2513(대표)
팩시밀리 ǀ 02-333-2514
E-mail ǀ seed_dnc@dncmedia.co.kr
블로그 ǀ blog.naver.com/gnpdl7

ISBN 979-11-6145-609-6 04810
ISBN 979-11-6145-506-8 (SET)

※ 저자와 협의하여 인지는 붙이지 않습니다.
※ 이 책은 ㈜디앤씨미디어(시드북스)가 저작권자와의 계약에 따라 발행한 것으로 본사와 저자의 허락 없이는 어떠한 형태나 수단으로도 내용을 이용할 수 없습니다.

배신기사의 유쾌한 신의 10

가언 판타지 장편소설

SEEDBOOKS FANTASY NOVEL

1장 잘못 걸렸군 · 7

2장. 머릿수가 많아 봤자 · 57

3장. 빌어먹도록 한결같은 자식 · 109

4장. 일은 하나씩 터지지 않는다 · 159

5장. 절대로 건드리면 안 될 사람 · 207

6장. 세상에서 제일 치사한 족속 · 259

1장. 잘못 걸렸군

잘못 걸렸군

 아렌트가 막 운을 떼려던 찰나, 렉시온이 먼저 선수를 쳤다.
 "미리 말하지만, 전쟁에 끼어들라든가, 편을 들어 달라든가, 그런 거라면 이 자리에서 녹여 버릴 줄 알아."
 "어이가 없네. 댁이 어떤 사람일 줄 알고 초면에 그런 걸 부탁해요?"
 약간의 뜸도 없이 곧바로 싸가지 없는 대꾸가 돌아왔다.
 "아니면 뭐, 당신이 끼어들면 판도가 크게 바뀐다거나⋯⋯ 계속 알짱대면서 빡치게 하는 놈들을 단번에 박멸할 자신이라도 있어요?"
 "⋯⋯."
 "그거 자의식 과잉입니다."

렉시온은 침착하게 천장을 올려다보았다.

라이오스와 힘겨루기를 할 때의 여파를 받은 건지, 천장의 타일 역시 몇 군데 갈라진 곳이 보였다.

한참 만에 렉시온이 툭 내뱉었다.

"진짜 짜증 나는군."

"……죄송합니다."

어쩐지 사과를 해야 할 것 같은 기분에 라이오스는 마른세수를 했다.

저 망할 놈은 어딜 내어놔도 부끄러웠다.

하지만 아렌트는 아랑곳하지 않았다.

"짜증 나는데 뭐 어쩌라고요. 남의 집을 다 박살 내 놓은 게 누군데."

"참고로 말하지만, 검을 먼저 뽑은 건 네 선배다. 내가 아니라. 그리고 날 여기까지 불러낸 건 너잖아, 이 망할 꼬맹이."

"여기저기 들쑤셨는데도 원하던 걸 못 찾아서 열받은 나머지 화풀이했을 뿐인 거 다 압니다. 본인이 멍청한 걸 왜 남 탓을 하지?"

"누가 저 새끼 입 좀 막아라."

결국 듣다 못한 리히트가 내뱉었다.

하지만 불행히도 그의 명령은 수행되지 못했다.

렉시온이 먼저 입을 연 것이다.

"그래서, 원하는 게 뭐냐고. 편을 들어 달라는 것도 아니면 뭐지?"

그는 지금 이 상황이 굉장히 짜증 나고, 또 한편으로는 귀찮았다.

어차피 어린 인간이 바라는 거야 별것 아닐 테니, 이렇게 된 이상 대충 해결해 버리고 떠날 생각이었다.

"잠깐만 기다려 봐요."

그 말만을 기다렸다는 듯, 아렌트는 렉시온을 그 자리에 세워 놓고 자신의 방으로 들어갔다.

기사들은 어리둥절해졌다.

렉시온 역시 의아하기는 마찬가지였지만, 일단은 가만히 기다렸다.

잠시 후 다시 나타난 아렌트는 제 상반신을 훌쩍 넘을 정도로 산더미처럼 쌓인 문서를 껴안은 채 나타났다.

"……."

일동은 얼어 버렸다.

당장 상황 판단을 하는 데 실패한 탓이었다.

그러거나 말거나, 아렌트는 낑낑대며 가져온 것들을 렉시온 앞에 내려놓았다.

쿵.

육중한 울림에 다시 천장에서 파편이 후두둑 떨어졌다.

이게 뭐냐며 눈으로 묻는 렉시온에게 아렌트가 담백한 대답을 내주었다.

"여기요. 당신 일거리."

"뭐?"

"번역해요."

"……?"

명령조의 짧은 한마디에 렉시온은 순간 얼빠진 얼굴을 했다.

아렌트는 친절하게도 다시 한번 반복해 주었다.

"번역하라고. 용언, 고대어, 온갖 종족들이 남긴 전쟁 이전 문헌, 기타 등등. 더 많은데, 일단 이것부터 하세요. 드래곤이면 다 읽을 수 있을 거 아니에요?"

"……."

아.

기사들이 소리 없이 탄식을 터뜨렸다.

상상도 못 한 요구 사항에 넋이 나간 렉시온에게 동정 어린 시선들이 하나둘 모여들었다.

온갖 말이 속에서 치솟아 오르는지, 렉시온은 입을 열었다가 다시 다물고, 한숨을 내쉬었다가 천장을 올려다 보는 걸 반복했다.

아까와는 다른 의미의 침묵이 흐르는 동안, 아렌트는 함께 들고 온 통신구를 꺼내 연결했다.

"슈타들러 백작님, 가지고 오신 용언 문헌들 있죠? 그거 전부 다 준비해 주세요. 혹시 연구실에 남겨 둔 게 있으면 조수들 시켜서 바로 황궁으로 보내라고 하시고."

- 예, 예? 갑자기 그게 무슨 말씀이십니까?

수정구 너머에서 당황한 백작의 목소리가 들려왔다.

아렌트는 씨익 웃으며 아직도 멍하니 선 렉시온을 힐끗 곁눈질했다.

"읽을 수 있는 사람이 강림하셨거든요."

- 네? 잠깐만요, 아렌트 경! 그게 무슨 말씀이십니까? 읽을 수 있는 사람이라니…… 잠깐, 끊지 마십시오!

백작의 비명을 마지막으로 아렌트는 매정하게 통신을 종료해 버렸다.

"……."

"……."

누구 하나 선뜻 입을 여는 사람이 없었다.

눈치를 보던 아서가 슬그머니 뒷걸음질 쳤다.

"아이고, 뼈가 부러졌나. 저는 잠깐 치료실에 다녀오겠습니다."

"……제대로 걸을 수는 있냐? 같이 가 줄까? 리히트 선배님도 어떠십니까?"

"그게 좋겠군."

멀쩡하게 걸음을 옮기는 아서에게 라이더가 제안했다.

거기에 리히트가 슬그머니 편승했다.

심지어는 라이오스마저 드래곤을 향해 잠깐 딱하다는 시선을 보냈다.

렉시온은 어떤 반응을 보여야 할지조차 쉽게 판단이 안 서는 듯, 그 자리에 망연하게 서 있을 뿐이었다.

'이상한 일도 아니지.'

짧지 않았을 용생에서 이런 수모를 당한 것은 또 처음일 테니까.

"후……."

한참 동안 못 박힌 것처럼 굳어 있던 렉시온이 곧 탁 소리 나게 이마를 짚더니 한숨을 푹 내쉬었다.

그러고는 무시무시한 눈으로 아렌트를 노려보기 시작했다.

"다른 사람은 몰라도, 내가 너는 꼭 죽인다. 절대로 천수를 못 누리게 해 주지."

얼핏 저주처럼 들렸지만, 결국 제안을 받아들이겠다는 뜻이었다.

"거참, 무서워 죽겠네."

드래곤의 협박에도 눈 하나 깜빡하지 않은 아렌트는 건성으로 귀를 후비는 시늉을 할 뿐이었다.

"아 참. 박살 낸 것도 원래대로 되돌려놔요."

"내가 왜?"

"뭐, 황궁 안에 드래곤이 나타났다는 소문을 내고 싶으시다면야, 시종들 불러다가 시키고."

"……."

렉시온의 주먹이 부들부들 떨렸다.

* * *

다음 날.

제3기사단의 생활관 방 하나에 드래곤을 위한 작업실이 차려졌다.

"……."

그리고 이른 오후쯤 그곳을 방문한 슈타들러 백작은 할 말을 잃어버리고 말았다.

슈타들러 백작은 원래도 소심한 사람이었다.

하지만 광기에 가까운 학구열에 불이 붙으면 타고난 성정은 봉인되고 물불 가리지 않는 연구자로서의 자아만 남곤 했다.

보통 그를 자극해서 미친 연구자로 만들어 버리는 사람은 아렌트였다.

이 제국에서 가장 재미있는 연굿감을 가져다주는 이가 바로 그였으니까.

하지만 적어도 지금만큼은 순수하게 기뻐할 수 없었다.

백작은 소심한 성정과 속에서 끓어오르는 연구 욕심 중 어느 쪽에 귀를 기울여야 할지 갈피를 채 못 잡은 상태였다.

"……그, 아렌트 경. 이래도 진짜 괜찮은 겁니까?"

얼어붙어 있던 백작이 간신히 입술을 달싹여 아렌트에게 말을 건넸다.

하지만 아렌트는 아무렇지도 않게 고개를 끄덕였다.

"안 괜찮을 건 또 뭐 있어요? 원래 뭐든 날로 먹으려는 심보는 뜨거운 맛을 봐야 고쳐져요."

"……"

하지만 상대가 드래곤인데요?

그런 말이 목 끝까지 치솟아 오르는 것을, 백작은 가까스로 억눌러 담았다.

신과 가장 가까운 생물, 이 땅에서 가장 완벽한 존재, 모든 종족이 경배하는 지상의 강자…….

온갖 화려한 수식어가 붙는 드래곤이 지금 책상 하나에 갇혀 발 딛기도 힘들 정도로 쌓인 문서들에 둘러싸여 있었다.

저 중 용언으로 작성된 것들은 얼마 안 되었다.

다른 종족의 언어로 기록된 것들과 고대어 등등이 절반 이상을 차지하고 있었다.

이를 떠올린 백작의 얼굴이 더욱 어색해졌다.

즉, 아렌트는 굳이 드래곤이 아니라도 할 수 있는 일까지 렉시온에게 떠맡긴 것이다.

"야, 거기서 뭘 그렇게 종알대고 있냐!"

"히익……!"

작업에 골몰하던 렉시온이 버럭 짜증을 터뜨리자, 백작은 반사적으로 아렌트 뒤에 후다닥 몸을 숨겼다.

"진짜 어처구니가 없네. 너, 내가 누군지는 진짜 아는 거 맞지?"

"알다마다요. 네펠레 왕국을 쥐락펴락한 드래곤 님이시잖아요."

"그런데 지금 감히 이딴 취급을 해?"

렉시온이 사납게 쏘아붙였다.

슈타들러 백작은 더욱 몸을 움츠렸지만, 아렌트는 아랑곳하지 않았다.

"왜 불평을 하시나 모르겠네. 내가 뭐 무리한 거 시켰습니까? 얼마든지 해낼 수 있는 일이잖아요."

"자결하네 마네 지껄이더니, 누굴 죽여 달라는 것도 아니고, 일확천금을 내어놓으라는 것도 아니고. 뭐? 번역?"

"죽이는 건 내가 하면 되고, 돈은 이미 많아요. 아마 3대는 놀고먹을 수 있을걸요."

천연덕스러운 대꾸에 갑자기 성질이 뻗치는지 렉시온

잘못 걸렸군 〈17〉

이 들고 있던 펜을 집어 던졌다.

"게다가 용언 어쩌고 하더니 이거 태반이 고대어 아냐? 이건 인간도 충분히 읽을 수 있잖아!"

"원래 삶이라는 게 그런 겁니다. 의미 없는 것 같고, 하기 싫은 일의 연속이라고요."

"백 년도 못 사는 애새끼 주제에 무슨 망발이야?"

발광하는 렉시온을 보며 슈타들러 백작은 아주 절절히 느꼈다.

'드래곤이고 뭐고 아렌트 경 앞에 서면 다 저렇게 되는구나…….'

괜히 황태자가 머리를 쥐어뜯는 게 아니었다.

어지간하면 개기지 말자고, 그는 다시 한번 다짐했다.

지금 사태를 아는 사람은 황제와 황태자, 기사단의 세 단장과 백작, 그리고 르웰린 왕자뿐이었다.

황궁 안에 드래곤이 있다는 게 알려지면 어떤 사태가 벌어질지 알 수 없으니 비밀에 부치기로 한 것이다.

"그, 르웰린 왕자님은……."

"아까 다녀갔어요. 꼴좋던데요. 바닥에 머리를 아주 비빌 기세던데."

등에 찰싹 달라붙은 백작이 조심스레 묻는 말에 아렌트가 담백하게 대꾸했다.

백작은 그 마음을 십분 이해할 수 있었다.

"아무래도 그게 정상이지요……."

사람을 시켜 드래곤을 미행한 데다, 아렌트의 정신 나간 도발장까지 보냈다.

그러니 어떻게든 납작 엎드리는 수밖에.

백작을 향해 아렌트가 시큰둥하게 입을 열었다.

"걔도 제정신 아니던데요? 그렇게 머리 몇 번 박더니 갑자기 팔 한 번만 만져 봐도 되냐고 물어보길래 쫓아냈어요."

"……."

아무래도 멀쩡한 사람은 아무도 없는 것 같았다.

그런 와중에 솔깃한 나머지, 백작이 소심하게 드래곤을 향해 시선을 보냈다.

"그, 렉시온 님…… 혹시…… 그 눈동자 좀 관찰해도……."

"되겠냐! 칼리온 제국에 뭐 역병이라도 돌았나? 어떻게 된 게 멀쩡한 놈이 한 명도 없어!"

가까스로 다시 펜을 쥐려던 렉시온이 버럭 외쳤다.

찔끔한 백작이 어색하게 웃음을 터뜨렸다.

아렌트가 아직도 등에 붙어 있는 백작을 힐끗 보았다.

"언제까지 이러고 계실 거예요? 백작님도 다른 일 많으시잖아요."

"하하, 그렇지요……."

어색하게 미소 지은 백작이 그제야 아렌트에게서 떨어

잘못 걸렸군 〈19〉

졌다. 그러고는 렉시온을 향해 한번 아쉬운 시선을 던지고는 고개를 꾸벅 숙였다.

"저는 이만 가 보겠습니다. 혹시 필요한 게 있으시다면 얼마든지 불러 주세요."

그러면서도 자꾸 렉시온 쪽으로 시선을 주는 것이, 영 아쉬운 눈치였다.

벌벌 떨면서도 드래곤을 가까이에서 관찰하고 싶은 마음에 지금껏 자리를 지키던 그였다.

백작은 끝까지 미련을 버리지 못해 몇 번이나 돌아보다가 자리를 떴다.

탁.

문이 닫히고 방 안에는 아렌트와 렉시온 단둘만 남게 되었다.

렉시온이 다시 펜을 놓아 버리고는 등을 툭 기댔다.

"진짜 어처구니가 없군. 이런 함정에 빠지다니."

"어라. 눈치챘어요?"

"당연하지. 내가 바보냐?"

아렌트가 의외라는 듯 묻는 말에 렉시온이 짜증스레 대꾸했다.

누굴 죽여 달라거나 돈을 달라는 건 렉시온이 손가락 하나만 휘저어도 들어줄 수 있는 부탁이었다.

하지만 아렌트가 내건 조건은 자료를 하나하나 번역하

는 것.

 드래곤이든 인간이든, 평등하게 시간을 들여 공들이는 수밖에 없는 일이었다.

 결국 렉시온은 이 일을 다 처리할 때까지는 꼼짝없이 붙들려 있어야 했다.

 아렌트가 피식 웃었다.

 "바보 맞는 것 같은데. 아무리 생각해도 어설펐단 말이죠, 연기가."

 "네가 이상한 거라고. 설마 이렇게까지 정신 나간 놈인 줄은 몰랐지."

 불퉁한 대답에 아렌트가 어깨를 으쓱했다.

 "분석이 부족했던 거죠. 도드라지는 특징을 가진 역할일수록 연기하기 편하거든요."

 "진짜 짜증 나게 하는군."

 그를 곱지 못한 눈으로 흘겨보던 렉시온은 아예 의자를 돌려 아렌트를 마주 보았다.

 그러고는 신경질적으로 툭 내뱉었다.

 "이렇게 된 이상 좀 더 어울려 주지. 무슨 소리를 지껄이고 싶은데?"

 아렌트가 기다렸던 한마디였다.

 견습 기사의 입가에 희미한 미소가 스쳐 지나갔다.

 아렌트의 미소는 렉시온이 알아보기도 전 깨끗하게 사

라졌다.

"협조해 주겠다니, 그건 마음에 드는데……."

짐짓 고민하는 척 아렌트가 고개를 기울였다.

"왜 이렇게 순순하지? 무슨 꿍꿍이에요?"

"혹시 잊어버렸을까 봐 말한다만, 날 끌어다 여기 앉혀 놓은 건 네놈이다. 꿍꿍이가 있는 건 내가 아니라 너라고."

곧장 짜증스러운 대꾸가 돌아왔다.

하지만 그 정도로 호락호락하게 납득할 아렌트가 아니었다.

"그거야 그렇지만, 이 산더미 같은 잡일을 해 주는 거랑, 내 이야기를 들어 주겠다는 건 또 좀 다르잖아요."

"싫으면 말아라. 나는 이 잡일만 해치우고 갈 테니까."

"그건 안 되죠. 아직 그 귀하신 책이 내 손에 있는데. 아니, 정확히 말하자면 루미엘 대신관님의 손안이긴 하지만."

"……."

진짜 저 얄미운 새끼.

한 마디마다 속을 긁는 솜씨가 아주 예술이었다.

참다 못한 렉시온이 화를 터뜨리기 직전, 아렌트가 선수를 쳤다.

"말 나온 김에 물어보죠. 그 책이 도대체 뭔데 그렇게까지 해요?"

"옛날에 부탁받았을 뿐이다. 엉뚱한 곳까지 흘러간 걸 회수해 달라고."

"누가 부탁했는데요?"

"내가 머리에 피도 안 마른 애송이에게 그것까지 말해야 하나?"

단호한 대꾸가 돌아왔다.

더 이상 파고들지 말라는 무언의 신호였다.

"머리에 피 마를 때쯤 다시 물어볼게요."

"진짜 황당할 정도로 뻔뻔하군."

렉시온의 투덜거림을 흘려들으며, 아렌트는 팔짱을 끼고 벽에 등을 툭 기댔다.

"어쨌든, 처음에는 절 살려 둘 생각이 없었던 거 아니에요?"

"왜 그렇게 생각하지?"

"그쪽이 날 죽이고 싶어 할 이유는 꽤 많잖아요."

황궁에 전시해 둔 드래곤의 유골이라든가, 르웰린을 시켜 보냈던 웃기지도 않은 협박장이 그 대표적인 예였다.

"얼핏 다른 인간한테는 우호적인 것 같지만, 나 하나만큼은 찢어 죽이고 싶어 할 게 분명하다고 생각했어요. 그래서 굳이 루미엘 대신관님까지 귀찮게 한 거고."

"자각은 있어서 다행이군."

렉시온이 빈정거렸지만 아렌트는 당연히 아랑곳하지 않았다.

"모르면 바보죠. 그렇게 아둔한 인간은 아니라서."

"아둔하다는 소리는 한 마디도 안 했다. 겁대가리가 없거나, 제 목숨 아까운 줄 모르는 인간이라는 생각은 했지."

"제 목숨 아까운 줄은 확실히 압니다. 단지 발 뻗을 자리를 확실히 확인하고 나서 개기는 것뿐이지."

"……."

그것도 틀린 말은 아닌 듯했다.

견습 기사 주제에 대신관까지 동원하다니.

"호기심에 묻는다만, 만약 기사단장이나 다른 귀족들이 네게 책임을 물으면 어쩌려고 했는데?"

드래곤을 끌어들여 황궁에 분란을 만든다는 건 사형당해도 싼, 반역에 가까운 죄였다.

하지만 아렌트는 이 부분 역시 믿을 구석이 있었다.

"예전에 황제 폐하께서 직접 하사하신 사면권이 있어서요. 여차하면 그걸 내밀려고 했죠. 당신이 나 이외의 인간에게 살의가 없다는 건 몇 번이나 확인한 사실이고."

"애송이 너, 견습 기사 아니었나?"

렉시온이 인상을 찌푸렸다.

도대체 왜 대신관과 사적으로 만날 정도로 친분이 있으

며, 무슨 짓을 하면 황제에게 사면권까지 받을 수 있나.

지적하고 싶은 곳이 한두 군데가 아니었다.

어깨를 으쓱한 아렌트가 화제를 원래대로 돌렸다.

"어쨌든 말씀대로 먼저 초대한 쪽은 저니까, 용건을 먼저 꺼내는 게 예의겠네요."

"예의……? 이제 와서 예의를 운운한다고?"

"됐고. 이렇게 됐으니 거두절미하고 말합니다."

황당하게 중얼거리는 렉시온을 무시하고 아렌트가 운을 띄웠다.

"체르니온 교 진영에 드래곤이 있다는 사실은 알고 있어요?"

"……"

갑작스러운 말에 렉시온이 입을 꾹 다물었다.

그 침묵에서 아렌트는 긍정의 답을 읽어 냈다.

"짐작 정도는 했던 모양이네요."

잠시 후, 쯧 혀를 차며 렉시온이 머리를 헝클었다.

"당연하지. 그게 아니면 드래곤으로 구울을 만들겠다는 미친 발상을 누가 하겠냐?"

"어떤 놈인지 알아요?"

"안다고 한들, 내가 왜 너한테 알려 줘야 하지?"

"보아하니 썩 우호적인 관계는 아닌 것 같아서요. 아닌 척하면서 은근슬쩍 제 등을 떠밀었잖아요. 그놈들 골탕 좀 먹여 보라고."

"……굳이 부정은 안 하겠다만. 그게 무슨 상관이지?"

뜸을 들이던 렉시온이 인상을 구겼다.

"그렇다고 해서 내가 너희들 편을 들어 줄 거라고 생각하면 곤란한데."

"보아하니 체르니온 신에게는 유감이 많은 것 같고. 루체 신을 경외하긴 하지만, 딱히 좋아하지는 않는 모양이죠?"

아렌트가 팔짱을 낀 채 고개를 기울였다.

적당히 긴 머리칼이 그의 움직임을 따라 한쪽으로 쏟아졌다.

"루체 신에 대한 마음은, 신앙보다…… 오히려 강한 자에 대한 두려움에 가까운 것 같은데. 맞아요?"

렉시온은 그의 어조에서 미묘한 뉘앙스를 읽어 냈다.

아렌트의 모습이 평범한 인간이 신에 대해 논의할 때의 태도와 크게 다르다는 것을 알아차린 것이다.

"말을 이상하게 하는군. 그러는 너는?"

"굳이 따지자면 양쪽 모두에게 다소 유감이 있는 편."

담백한 대답에 렉시온은 더욱 이해할 수 없다는 표정을 지었다.

"인간들은 루체 님을 숭배하지 않나?"

"이 제국 인간은 대부분 그렇죠. 하지만 전 신앙 같은 건 가져 본 적 없는 사람이라서요. 앞으로도 그럴 거고."

"……진짜 이상한 놈이군. 혹시 눈치 못 챈 건가?"

가만히 듣던 렉시온이 혼잣말처럼 덧붙였다.

그 말에 아렌트가 눈썹을 휘었다.

"눈치 못 채다뇨?"

"아냐, 일단은 넘어가지. 그래서? 무슨 말이 하고 싶은데?"

"……렉시온 님이 원래 무슨 꿍꿍이였던 건지는 모르겠지만요."

말머리를 돌려 버린 그를 뚱하니 바라보던 아렌트가 곧 담백하게 덧붙였다.

"양쪽 다 개박살 내 버리고 싶지 않아요?"

"뭐?"

렉시온의 입에서 얼빠진 소리가 흘러나왔다.

아렌트는 삐딱하게 선 채 방금 했던 말을 되풀이했다.

"아무래도 양쪽 다 마음에 안 드시는 눈치인데, 박살 내고 싶지 않냐고요."

"……."

마치 바보라도 된 것처럼, 렉시온이 눈을 천천히 깜박였다.

"야, 다른 건 둘째 치고. 너 대신전에 책 맡겨 놨다고 하지 않았냐? 그런데 지금 와서 박살 낸다고?"

"댁이 신을 무서워할 것 같아서 그랬을 뿐이에요. 이용할 수 있는 건 다 이용해야죠. 전 루미엘 대신관님께는 개인적인 호감이 지대하지만, 루체 신한테는 아니거든요."

"……."

답도 안 나오는 천연덕스러움에 렉시온은 한동안 차마 말을 잇지 못했다.

아렌트는 뭐 어쩌라고, 하는 눈으로 그를 멀뚱히 마주 보았다.

한참 적막이 흐른 뒤, 렉시온이 충동적으로 툭 내뱉었다.

"이 새끼 진짜 답 없이 불경하네. 어떻게 아직도 살아 있지?"

"그건 높으신 분들께 물어보세요. 이 불경한 애새끼한테 왜 아직도 벼락 안 때렸냐고. 드래곤은 신이랑 제일 가까운 생물이라면서요."

아렌트가 턱짓으로 천장 쪽을 가리켰다.

"어쨌든 잘 생각해 보세요. 체르니온 교의 진영은 당연히 박살 낼 거지만, 그렇다고 해서 루체 신한테 꼬리 살살 흔들 생각도 딱히 없거든요."

"설마 영웅 칸이 세운 제국의 기사에게서 이런 말을 듣게 될 줄은 몰랐군. 게다가……."

말끝을 흐리는 드래곤의 시선이 아렌트의 어깨에 닿았다가 이내 떨어졌다.

렉시온이 팔짱을 끼고 앓는 소리를 냈다.

"끙…… 그래, 신앙이 없다는 건 인정하지. 나는 신을 경배하지 않아. 그렇다고 해서 네놈처럼 숨 쉬듯이 신성모독을 저지를 생각은 추호도 없어."

"그런 것치고 사칭은 제법 잘하시지 않았어요? 네펠레 왕국에서 악신교라며 전 왕세자를 살살 구슬린 주제에, 변명하는 혀가 제법 기네요."

"그건 단순히 상황을 알아보기 위해서…… 아."

반사적으로 짜증스레 쏘아붙이던 렉시온은 제 말실수를 깨닫고 급히 입을 닫았다.

하지만 아렌트는 그가 준 단서를 결코 놓치지 않았다.

"호오, 상황 파악이요?"

"……."

아렌트의 눈이 가느다랗게 떠졌다.

애써 시선을 피하는 렉시온의 옆얼굴에 끈덕진 눈빛이 달라붙었다.

"어떻게든 끼어들고 싶었던 모양이네요?"

"아니야. 난 그냥……."

"악신교 행세를 하면 그쪽 소식을 들을 수 있을까 싶었던 거죠? 하지만 차마 체르니온이라는 이름은 입 밖으로 못 꺼냈고."

"……."

잘못 걸렸군 〈29〉

"갑자기 알로이스를 회의장에 보냈던 것도, 알로이스의 귀를 통해서 악신교와의 대치 현황을 알고 싶었던 거죠?"

근데 칼리온 제국의 견습 기사 놈이 황태자를 따라온다고 하니, 겸사겸사 죽이라고 명령했다.

하지만 알로이스는 보기 좋게 실패해 버렸다.

"쓸 만한 놈인가 싶어서 책 좀 찾아보라고 시켰는데…… 호숫가 레어에 벌레가 끓어서 어쩔까, 하다가 본인 손 더럽히긴 싫어서 우릴 거기까지 유도했던 거네요."

변명하는 게 우스워질 정도로 조목조목 다 맞는 말이었다.

필사적으로 시선을 피하는 렉시온에게, 아렌트는 노골적으로 어이없다는 표정을 지어 주었다.

"스스로 생각해도 한심하지 않습니까? 뒤에서 수작질 부리는 게 취미예요? 쥐새끼처럼 굴 거면 그 큰 덩치라도 잘 숨겨 보던가."

"너, 진짜 죽고 싶나?"

"실행도 못 할 일을 자꾸 입에 올리시네. 할 수 있으면 해 보라니까요? 그 책도 성검이랑 같이 대신전 제일 깊은 곳에 처박힐 테니까."

참다 못한 렉시온이 사납게 으르렁댔지만, 아렌트는 딱 한 마디로 그를 제압했다.

"결국 체르니온에겐 한 방 먹이고 싶지만, 루체 신과 편먹고 싶지는 않았던 거잖아요."

정곡을 찌르는 말이었다.

렉시온의 얼굴이 다시 차갑게 가라앉았다.

아렌트는 무표정하게 그를 응시했다.

"나랑 뜻이 꽤 맞는 것 같은데요, 렉시온 님?"

"……."

"무턱대고 편먹자는 말은 아니에요. 거래하자고요. 내가 대신 귀찮은 일을 처리해 줬으니, 렉시온 님은 내가 방만하게 구는 것 정도는 적당히 눈감으시고."

황금색 눈동자가 방대한 양의 문헌을 힐끗 보았다.

"저것들을 분석해 주신다면, 책을 내어 드리죠. 마찬가지로 날 돕는다고 약속하시면 저도 렉시온 님이 필요로 하는 걸 드릴게요."

"……웃기는군. 고작 인간 주제에, 내게 뭘 내어 줄 수 있다는 거지?"

잠깐 침묵하던 렉시온이 조소를 터뜨렸다.

하지만 아렌트는 아무렇지도 않게 대꾸했다.

"이미 아실 거라 생각하는데, 제가 제법 잘난 사람인지라. 제 손안에 있는 건 렉시온 님이 짐작하는 것보다 훨씬 더 많아요."

아렌트가 보란 듯이 씨익 웃었다.

"아마 렉시온 님이 필요하신 것들도 있을 겁니다. 인간, 엘프, 수인족 모두를 통틀어서 렉시온 님의 요구 사항을 맞출 수 있는 사람은 저뿐일걸요. 어때요? 꽤 솔깃한 제안 아니에요?"

스스로 잘났다며 자화자찬하는 아렌트에게서는 한 점의 거리낌도 보이지 않았다.

렉시온은 결국 헛웃음을 터뜨리고 말았다.

"오만하기 짝이 없어. 내가 지금껏 봐 온 인간 중 최악이야."

"단어 선택이 잘못됐습니다. 최고라고 말씀하셔야죠."

상황과는 그다지 어울리지 않게, 아렌트가 퍽 유쾌한 어조로 대꾸했다.

그것을 마지막으로 잠시 대화가 끊어졌다.

"이거 완전히 잘못 걸렸군."

한참 만에 렉시온이 쯧 혀를 차며 제 머리를 긁적였다.

"애송아, 일단 뭐 하나만 물어보자. 확인하고 싶은 게 있어서."

"뭔데요?"

"아까부터, 아니지. 처음 두 눈으로 확인했을 때부터 신경 쓰였던 거다만."

거기까지 말한 렉시온이 아렌트를 머리부터 발끝까지 새삼스럽게 찬찬히 훑어보았다.

마치 관찰하는 것 같은 눈길이었다.

길어지는 침묵에 아렌트가 의아해지려는 찰나, 렉시온이 진지하게 말했다.

"너, 신이랑 접촉한 적 있냐?"

이번에는 아렌트가 입을 다물 차례였다.

드래곤의 핏빛 눈동자가 아렌트의 모습을 고스란히 담아냈다.

팔짱을 낀 채 등을 기대고, 한없이 시큰둥한 표정을 지은 앳된 청년.

하지만 렉시온에게는 다른 것도 보이는 모양이었다.

잠깐 생각하던 아렌트가 짧게 되물었다.

"왜 그렇게 생각하는데요?"

"왜고 자시고…… 모르는 게 더 이상하지."

렉시온이 눈을 가느다랗게 떴다.

"어깨랑 목에 흔적이 고스란히 남아 있으니까. 꽤 최근인 것 같은데."

네레이스 신전에서 손길이 닿았던 자리였다.

무심코 목을 만져 보던 아렌트는 곧 쯧 혀를 차며 손을 내렸다.

"드래곤은 드래곤이네요. 그걸 알아보네."

"……너무 아무렇지도 않은 태도라서 오히려 당황스러운데."

렉시온이 질린다는 얼굴을 했다.

그러면서도 그의 시선은 아렌트에게서 떨어지지 않았다.

약간의 불쾌감을 느끼며 아렌트가 짜증스레 대꾸했다.

"뭐 어떻게 해야 하는데요? 벌벌 떨면서 기도라도 할까?"

"진짜 별꼴을 다 보겠군. 그 뻔뻔한 태도 때문에 긴가민가했다고. 설마 신의 손길을 받은 놈이 이렇게까지 불경할까 싶어서."

"설마가 사람 잡는 법이죠."

"……."

이런 대화를 나누는 순간에도 아렌트의 입은 멈추지 않았다.

말문이 막힌 렉시온의 눈동자가 허공을 헤맸다.

그를 물끄러미 보며 아렌트가 한마디 더 얹었다.

"아, 사람이 아니라 용인가?"

"……닥치고 듣기나 해. 어쨌든, 아까 갑자기 왜 태도를 바꿨냐고 물었지."

결국 렉시온이 짜증스럽게 쏘아붙였다.

"너한테 신의 흔적이 남아 있어서 그랬다. 신의 손을 탄 놈을 함부로 죽였다가는 무슨 꼴을 당할지 모르니까. 너, 도대체 정체가 뭐냐?"

갑작스러운 질문에 아렌트가 뚱하니 대답했다.

"아렌트 폰 에크하르트인데요. 칼리온 제국 제3기사단 소속 견습 기사."

"그걸 묻는 게 아니잖아. 신이 왜 너한테 관심을 가지냐고."

어째 대화가 이어질수록 화병이 날 것 같은 기분이었다.

속에서 끓어오르는 것을 꾹꾹 눌러 담으며 렉시온이 말을 이었다.

"넌 선택받은 존재가 아냐. 영웅이 될 자라면 라이오스 단장이 좀 더 적합하지. 물론 엄청나게 특이하다는 건 인정하겠다만."

"저야 모르죠. 아까도 말했지만, 높으신 분들한테 직접 물어보세요."

아렌트가 천연덕스럽게 어깨를 으쓱했다.

당연히 거짓말이었다.

짚이는 구석은 물론 있었지만, 거기까지 렉시온에게 털어놓을 수는 없는 노릇이었다.

"……."

렉시온은 한동안 그를 가만히 보기만 했다.

마치 아렌트의 말의 진위를 밝혀내려는 것처럼.

아렌트는 그 시선을 피하지 않고 가만히 마주 보았다.

짧은 침묵의 끝, 렉시온이 어처구니없이 툭 내뱉었다.

"……뭐 어쩌라고, 라는 눈빛이군."

"정확히 보셨네요."

"진짜 짜증 나는 새끼."

드래곤의 입에서 날 것 그대로의 욕설이 튀어나왔다.

쯧 혀를 찬 렉시온이 의자에 등을 툭 기댔다.

"신의 존재를 겪었으면서도 신성 모독을 해 댄단 말이지. 두렵지도 않냐?"

"두려워해야 합니까? 기분은 좀 더러웠는데요."

"……말을 말자. 이런 놈이니 당연히 내 앞에서도 어깨 펴고 개길 수 있는 거겠지."

애초에 일반적인 상식을 기준으로 아렌트를 이해하는 것은 불가능한 일이었다.

아주 오랜만에 두통이 치미는 기분에 렉시온은 관자놀이를 꾹꾹 눌렀다.

"진짜 어처구니가 없군. 신과 닿은 인간이 신성 모독을 저지르며 멀쩡히 일상생활 중이라."

"보통은 어떤데요? 아니지. 이런 경우가 있었어요?"

"있었겠냐?"

문득 고개를 든 궁금증을 꺼내놓자 곧장 칼 같은 대답이 돌아왔다.

"내가 알기론 거의 없어. 대신관에 준하는 이들이나 선택받은 놈이 아니고서야. 그런데 너는 어느 쪽도 아니잖아. 그러니까 신기하다는 거지."

"뭐어……."

아렌트가 말꼬리를 늘렸다.

그가 대신관이나 선택받은 자보다 좀 더 희귀하긴 할 것이다.

다른 세계에서 이쪽으로 납치당하다시피 한 존재니까.

하지만 굳이 그런 말까지 렉시온에게 할 필요는 없을 것이다.

아렌트가 무슨 생각을 하는지는 꿈에도 모른 채, 렉시온이 진지하게 덧붙였다.

"어쨌든, 이건 진심으로 하는 충고다. 신이 그리 상냥한 존재가 아니라는 건 이미 깨달았을 거 아냐. 신의 진노는 우습게 볼 게 아니야."

"진노라면, 혹시 엘프들한테 닥친 일 같은 걸 말하는 거예요?"

예고 없이 들이닥친 물음에 렉시온의 얼굴이 와락 구겨졌다.

"지금 그런 게 궁금하냐? 아니, 도대체 그런 건 또 어떻게 아는 거야? 인간이잖아, 너."

"2왕국 대장로님께 들었어요. 그리고 당연히 궁금하죠. 내 앞에 답을 아는 장본인이 있는데. 그렇지 않아도 이유 모를 일들투성이라 속 터지기 직전이었거든요."

렉시온이 입을 다물었다.

한참 뒤, 그가 가라앉은 목소리로 짧게 내뱉었다.
"너, 그러다가 죽는다."
"아직 안 죽은 거 보면 괜찮지 않을까 싶은데요."
"농담하는 거 아니다."
"저도 농담 아닙니다."
"……."
탁.
렉시온이 이마를 짚었다.
그를 물끄러미 보던 아렌트가 무심히 말했다.
"골치 아파 죽겠다는 얼굴이신데, 밖에서 위장약이라도 가져다드릴까요? 단장님 집무실에 쌓여 있어요."
"그것도 너 때문이겠지?"
"잘 아시네."
얼굴을 쓸어내린 렉시온은 완전히 질렸다는 얼굴로 아렌트를 노려보았다.
하지만 그래 봤자 뭐 어쩌라고, 하는 시선만 돌려받을 뿐이었다.
한참 동안 드래곤과 인간 견습 기사 사이에 눈싸움이 벌어졌다.
그리고 잠시 후, 먼저 눈을 피한 렉시온이 제 머리를 마구 헝클어뜨렸다.
"하아…… 진짜 성깔하고는."

미묘하게 누그러진 어조였다.

"네가 나한테 뭘 내어 줄 수 있을지는 모르겠다만, 일단 참고 정도야 해 두지. 거래에 응하고 말고는 나중에 결정하겠어. 하지만 네가 앞으로도 신을 등질 생각이라면……."

아렌트는 잠자코 다음 말을 기다렸다.

말끝을 흐린 렉시온은 잠깐 눈동자를 내리깔았다가 다시 고개를 들었다.

"네 말대로, 너와 내 이해관계는 조금이나마 맞아떨어질지 모르겠군."

"……."

"하지만 딱 거기까지다. 당장 네 또라이 같은 진정성은 인정하겠다만, 인간은 하루에 수십 번도 마음이 바뀌는 존재지. 그러니 쉽게 믿을 수 없어."

오늘의 광신도가 내일의 불신자가 될 수 있다.

마찬가지로, 한마디 뱉을 때마다 불경함을 여지없이 드러내는 아렌트도 언제 신자가 될지 모를 일이었다.

그 일말의 가능성을 무시하기에는, 렉시온은 지나치게 많은 것을 봐 왔다.

"체르니온 님과 루체 님의 전쟁이 심화되면 분명 성검이 세상에 모습을 드러낼 거야. 그때도 네가 루체에게 기도하지 않는다면 인정하지."

"인정한다는 말씀은 무슨 뜻이죠?"

"네 편이 되겠다고."

무표정한 얼굴로 렉시온이 툭 내뱉었다.

"자세한 이야기는 그 이후에 하자. 그때가 도래하면 나 역시 혼자 움직이는 것은 불가능할 테니까."

차가운 한마디에 아렌트의 표정이 설핏 굳었다.

렉시온은 마치 머리에 새겨 주듯 또박또박 말을 이었다.

"조만간이다. 전쟁을 막으려고 별수를 다 써도 소용없어. 그게 신의 뜻이다. 막을 수 있는 존재는 없어. 너도 알 텐데?"

"……."

새빨간 눈동자가 불꽃처럼 일렁였다.

마치 가까운 미래에 벌어질 참상을 미리 비춰 내는 것처럼.

2막의 시작이 다가오고 있다는 것이 피부로 느껴졌다.

분명 성검의 푸른 기사에서도 렉시온은 혼자 움직였을 것이다.

결국 오래전 누군가가 부탁했다는 책은 손에 넣지 못했겠지.

그러다 전쟁이 벌어졌을 테고.

'소설에서의 렉시온은 어떻게 움직였을까.'

위험을 감수하고서 홀로 맞서 싸웠을지도.

그렇다면 렉시온이 물밑에서 움직이고 있었음에도 숱

한 인명 피해를 막지 못했다는 뜻이 된다.

'뭐가 됐든 쉽지 않겠지.'

아렌트는 천천히 주먹을 쥐었다가 폈다.

짧게 심호흡할까 했지만, 곧 그만두었다.

그 정도로 티 나는 움직임을 보였다간 렉시온이 소란스러워진 마음을 알아차릴 게 분명했다.

그래서 그는 입술에 익숙한 비웃음을 거는 쪽을 선택했다.

잠깐의 틈 뒤, 단정한 대사가 매끄럽게 흘러나왔다.

"……그렇다면, 빌어먹을 놈들 엉덩이를 걷어찰 준비를 해야겠네요."

황금색 눈동자가 선명한 웃음기를 머금었다.

"겸사겸사, 위대하고 신성한 분들 얼굴에도 먹칠 좀 해 주고."

오만하기 그지없는 선언에 드래곤 역시 피식 헛웃음을 터뜨리고 말았다.

"지독한 놈."

* * *

다음 날, 렉시온은 완벽하게 작업된 문서를 남겨 두고 훌쩍 떠나 버렸다.

다만 책은 여전히 대신전에 맡긴 채 회수해 가지 않았다.

위치를 알았으니 언제든지 되찾을 수 있다는 이유에서였다.

렉시온이 떠났다는 보고를 전해 들은 칸타레스가 커다랗게 한숨을 내쉬었다.

"……일이 이렇게 되다니."

"잘됐잖아요. 슈타들러 백작님 골머리 앓게 하던 문헌들이 죄다 깔끔하게 해결됐으니까."

"그게 기막히다는 거잖아, 이 자식아."

뻔뻔한 대꾸에 곧장 타박이 돌아왔다.

당연한 일이었다.

아렌트에게 도발당해 황궁으로 쳐들어온 드래곤이 라이오스 단장과 싸움까지 벌였다.

여기까지만이라면 어떻게든 납득 가능한 이야기였다.

눈앞이 조금 아찔해지긴 해도.

"그런데 고분고분하게 시키는 일까지 전부 하고 그냥 돌아갔단 말이지……."

직접 듣고도 믿기지 않았다.

이 말을 지껄인 사람이 아렌트가 아니었다면 미친 사람 취급하며 당장 감옥에 처박았을지도 모를 일이었다.

칸타레스가 한탄처럼 중얼거리자 아렌트가 어깨를 으쓱했다.

"어쩌겠어요. 다 제가 잘난 탓이죠."

"……."

저 말에 반박을 못 한다는 게 치가 떨릴 정도로 화났다.

하지만 말싸움을 걸어 봤자 본전도 못 찾는다는 건 이미 지나칠 정도로 잘 알았다.

황태자는 그냥 화제를 돌려 버렸다.

"도대체 무슨 말을 했기에 그냥 돌아가?"

"거래하자고 했죠. 렉시온 님은 생각해 본다고 말했고."

"거래? 드래곤이 왜 인간인 너랑 거래를 하는데?"

묘하게 걸리는 단어에 칸타레스가 미간을 찌푸렸다.

그러자 아렌트가 오히려 되물었다.

"제가 누구라고 생각하시는데요?"

"갑자기 뜬금없이 그게 무슨 소리야."

"저 노이만 상단 정보상 사업 발의자이자 최초, 최대 투자자입니다. 그리고 탐험가 연합의 연합장과도 사적으로 제법 얽혀 있고요."

칸타레스의 얼굴이 썩어 들어갔다.

그 연합장은 에버란 왕국의 왕자였고, 최근에는 엘프 왕국에서 대장로를 쥐 잡듯이 잡아 함께 악신과 싸우겠다는 확답까지 받아 왔다.

게다가 네펠레 왕국의 왕실에서는 아렌트를 거의 은인

취급 한다는 소문까지 들려오고 있었다.

그렇지 않아도 높던 콧대가 하늘을 찔러도 할 말 없는 상황이었다.

아렌트가 겸손을 떠는 성격도 결코 아니고.

삐딱하게 선 아렌트가 보란 듯이 고개를 까닥였다.

"이 정도면 드래곤이랑도 거래할 만하지 않아요?"

"……그래, 너 잘났다, 새끼야."

결국 황태자는 그렇게 투덜거릴 수밖에 없었다.

만족스러운 반응에 아렌트가 슬쩍 입꼬리를 휘었다.

"어쨌든, 예상이 맞았어요. 그 드래곤은 전쟁의 목격자이고, 수면기에서 깨어난 지 얼마 되지 않았답니다. 우리가 필요한 정보를 꽤 많이 알고 있더라고요."

그 뒤로도 렉시온과 아렌트는 긴 대화를 나눴다.

보기보다 물러 터진 드래곤은 떠나기 전, 앞으로를 대비하는 데에 힌트가 될 정보들을 은근슬쩍 던져주었다.

렉시온이 번역해 준 자료들에서도 도움이 될 만한 것들이 꽤 많았다.

"단장님들을 불러 주세요. 아, 르웰린이랑 백작님도요. 두 번 말하기는 귀찮고, 같이 들으시는 게 나을 테니까."

"누가 누구한테 명령하는 거야, 도대체."

주객이 전도된 상황에 칸타레스가 불평했지만 그렇다고 아랑곳할 아렌트가 아니었다.

"마음에 안 드시면 전하께서 드래곤이랑 독대하시든가요."

"쳇."

칸타레스는 혀를 차면서도 뒤에서 대기하던 제레온에게 눈짓했다.

공손히 고개를 숙인 제레온이 종종걸음으로 집무실에서 빠져나갔다.

딱 1시간 후, 기사단장들이 모두 모인 자리에서 회의가 소집되었다.

"일단 거두절미하고요."

모두가 모인 회의실에서 아렌트가 제일 먼저 꺼낸 말이었다.

"우리 큰일 났습니다."

"……."

무심한 얼굴에 무덤덤하기 짝이 없는 어조와 전혀 그렇지 않은 한 마디.

강렬한 기시감을 느끼게 하는 모습이었다.

칸타레스가 한숨을 푹 쉬며 얼굴을 쓸어내렸다.

"부탁인데, 제발 좀 더 긴장감 있게 말할 수는 없냐? 너 또 그러면서 살벌한 이야기 할 거잖아."

"해 드릴까요? 감당 가능하십니까?"

"미안, 실언했다. 하던 이야기나 계속해."

황태자가 순식간에 꼬리를 내렸다.

아렌트는 그에게서 시선을 떼고 다시 제 말을 기다리는 이들을 마주 보았다.

"조만간이래요."

"뭐가?"

"전쟁이요. 그 시기가 언제인지는 알 수 없지만, 드래곤이 직접 그렇게 말했어요."

그 순간, 회의실에 찬물이라도 끼얹은 것 같은 싸늘한 침묵이 흘렀다.

심지어는 차를 따르던 제레온마저 멈칫하고 고개를 들었다.

조용해진 회의실 안에 아렌트의 차분한 음성만이 들렸다.

"슬슬 대비해야죠."

"……근거는?"

한참 만에 다이아나가 짧게 묻자, 아렌트는 어깨를 으쓱해 보였다.

"전쟁을 겪어 본 드래곤이 그렇게 말했으니 그러려니 하는 거죠. 그게 허황된 말이 아니라는 건 여러분도 아실 테고."

"확실히 무시할 수는 없는 말이군."

켄드릭이 짧게 신음을 흘리며 수염이 자란 턱을 쓸어내렸다.

호숫가 레어 사태 이후, 한동안 놈들은 아무런 움직임도 보이지 않았다.

따지고 보면 이전에 악신교가 보였던 행보도 세력을 늘리거나 이곳저곳 흩어져 있던 아티팩트를 회수하기 위함이었다.

아렌트가 다시 화두를 열었다.

"지금까지는 칼리온 제국 안에서부터 싸움이 시작될 거란 전제로 움직였잖아요?"

"그랬지."

칸타레스가 고개를 끄덕이는 것을 힐끗 본 아렌트가 덧붙였다.

"저도 당연히 그럴 거라 생각했는데, 렉시온 님은 조금 다른 이야기를 꺼내시더라고요."

'성검의 푸른 기사'에서도 전쟁의 시발점은 역시 칼리온 제국 내였다.

하지만 지금은 상황이 꽤 바뀌었다.

"제국 외부 역시 경계할 필요가 있다고 했어요. 자세한 설명을 덧붙이진 않았지만, 아무래도 최근 레어들을 순회하면서 이것저것 본 게 있는 눈치더라고요."

"……그렇군. 회의가 끝나는 대로 연락을 취해야겠어."

가만히 듣던 칸타레스가 진지하게 대답했다.

다음으로 아렌트는 르웰린에게 시선을 주었다.

"르웰린, 너도 에버란 왕국으로 돌아가."

"뭐? 왜?"

"몰라서 물어? 너는 놈들이랑 직접 싸워도 봤잖아. 말로 전해만 듣는 것보다 현장을 아는 사람이 가 있는 게 훨씬 낫지."

르웰린이 눈을 동그랗게 뜨고 묻는 말에 아렌트가 퉁명스레 대꾸했다.

켄드릭 역시 그에 동조했다.

"저 역시 같은 생각입니다, 왕자님. 제국에 주신 도움은 감사하나 잠시 본국으로 돌아가시는 것이 낫겠습니다."

"……끄응, 그렇다면야."

"왕실이 충분히 준비되었다 싶으면 그때 다시 합류해. 연합 쪽은 너 알아서 하고."

아렌트가 덧붙여 주었다.

여전히 마뜩잖은 눈치였지만 르웰린은 순순히 수긍했다.

"알았어."

어디에서 전쟁이 터지든, 결국 사령탑 역할을 하는 것은 칼리온 제국이 될 것이다.

그때가 되면, 지금까지의 일에 꽤 깊이 관여한 르웰린은 어차피 제국에 다시 합류할 수밖에 없었다.

"지금 악신교를 이끄는 존재는 그쪽에서 성녀라고 불리는 자랍니다. 그리고 드래곤이 하나, 부서진 심장의 검 일원이 몇 더 있어요."

아렌트가 다시 설명을 시작했다.

"부서진 심장의 검은 체르니온 교단의 성기사단에 뿌리를 둔 조직이래요. 원래는 다른 명칭이었다는 것 같은데, 패전 후 이름을 바꾼 것 같다고."

"그전에는 뭐라고 불렸다고 하던가요?"

가만히 듣던 백작이 슬그머니 질문을 던졌다.

"안 그래도 궁금해서 물어봤어요. 그런데 지금은 의미 없는 이름이라면서 안 알려 주더라고요. 어쨌든, 심장을 뚫은 검이랑 뱀이 있는 문양을 쓰던 이들은 모두 그 소속이었던 거죠."

지금은 라이오스가 가진 '강한 자의 그림자'의 소유주였던 베첼이나 워렌의 연인이었던 레베카, 지금은 죽고 없는 빈센트와 블레이크가 그 일원이었다.

"부서진 검의 심장을 이끄는 자가 성녀고, 기억을 조작하는 아티팩트를 가진 장본인이래요."

"혹시 그자가 드래곤인가?"

"글쎄요, 그런 것 같지는 않더라고요."

아렌트가 칸타레스의 말을 간단히 부정했다.

"이건 제 추측인데, 성녀 근처를 맴돌면서 호위나 보

호자 역할을 자처하고 있는 게 아닐까요? 앞으로 나서는 대신 뒤에서 보조하는 거죠."

마치 자신을 감추려 했던 렉시온처럼.

체르니온 교단 측에서, 렉시온이 이 싸움에 개입하는 것을 달가워할 리 없었다.

그럼에도 체르니온 교단은 네펠레 왕국에서 악신교 행세를 했던 렉시온에게 별다른 제지를 가하지 않았다.

드래곤인 렉시온을 막으려면 교단에 소속된 다른 드래곤 역시 전면에 나서야 했을 테니까.

아마 악신교 측은 그 점을 우려했을 것이다.

가만히 듣던 다이아나가 입을 열었다.

"……그나저나 그 렉시온이라는 드래곤의 목적은 뭐지? 우리에게 합류하고 싶지는 않지만, 너와의 거래에는 응하겠다니."

"저야 모르죠. 슬쩍 떠보려고 했는데 안 통하더라고요."

아렌트가 어깨를 으쓱했다.

"어느 정도 뜻이 같다는 걸 확인한 것만으로도 꽤 큰 수확이에요. 일단 이쪽을 향해서 이빨을 드러낼 생각은 없어 보이고, 잘만 하면 서로 잘 이용할 수 있을 테니까요."

"드래곤을 떠보려고 했다니, 너도 진짜 너다……."

르웰린이 질린 기색으로 중얼거리자, 아렌트가 삐딱하게 대꾸했다.

"팔 한번 만져 보자고 하다가 죽을 뻔한 사람한테 들을 말은 아닌데."

"……."

르웰린이 조용히 입을 닫았다.

덩달아 의기소침해진 슈타들러 백작 역시 슬그머니 고개를 돌렸다.

두 사람에게 한심하다는 시선을 보내며, 아렌트가 다시 입을 열었다.

"병력 규모가 어느 정도인지는 그 사람도 잘 모른대요. 하지만 아마 만만치 않겠죠. 아직 그놈들 손에 정령석도 몇 개나 남아 있고."

지클린이 아직 두 눈 뜨고 살아 있는 데다, 로저라는 괴물도 있다.

게다가 드래곤까지.

애초 '성검의 푸른 기사'에서 묘사된 놈들의 병력은 어마어마했다.

도대체 어디서 모은 건지, 놈들은 감당하기 힘든 머릿수로 밀고 들어와 칼리온 제국을 쑥대밭으로 만들었다.

게다가 지클린이 만들어 낸 괴물들도 한몫할 테고.

"제일 경계해야 할 건 부서진 심장의 검 소속 괴물들이에요. 그렇지 않아도 정신 나갈 정도로 강한 놈들이 아티팩트까지 손에 쥐고 있으니까요."

아렌트는 서리 어린 손길을 착용한 제 손을 들어 보였다.
"아티팩트의 위력이 어느 정도인지는 다들 아실 테고. 놈들은 이걸 성물 취급하니, 앞으로도 이걸 되찾으려고 끈덕지게 노릴 거예요. 르웰린, 네가 가진 그 드래곤 본도 그래."

갑자기 호명당한 르웰린이 저도 모르게 목에 건 아티팩트를 꽉 쥐었다.

"어, 어."

"그러니까 각별히 조심해. 지클린 앞에서 그걸 썼으니, 놈들도 네가 드래곤 본을 가지고 있다는 걸 알 거야."

아태팩트는 아주 강력한 무기였다.

놈들의 손에 빼앗기면 피해가 막심할 게 분명했다.

르웰린이 굳은 얼굴로 고개를 끄덕였다.

"……알겠어. 죽을 각오로 사수할게."

하지만 아렌트가 기대한 대답은 그게 아닌 듯했다.

그의 고운 미간이 단박에 구겨졌다.

"뭔 개소리야. 뒈질 것 같으면 그냥 저쪽에 줘 버려."

"뭐? 조심하라며?"

"조심하라는 거지, 누가 목숨 걸고 지키래? 차라리 멀리 던져 버리고 적들이 한눈파는 사이에 튀어. 빼앗긴 건 다시 강탈하면 돼."

얼핏 어떤 상황에서도 목숨을 제일 먼저 챙기라는, 그

런 따뜻한 말처럼 들렸다.

하지만 뒤에 붙은 한마디는 기사의 입에서 나왔다고 하기 다소 유감스러웠다.

감동해야 하는지 아니면 황당해해야 하는지 르웰린이 갈피를 못 잡는 사이, 아렌트의 화살이 칸타레스에게 향했다.

"혹시 엘프 쪽에서 연락 온 거 있어요?"

"아직 다른 왕국들과의 논의가 아직 끝나지 않은 것 같더군. 2왕국에서 보내 주기로 했던 문헌을 실은 배는 이미 출발했대. 조만간 도착하겠지."

"사절단 대표는 누구인데요?"

"자카르 교관과 안개숲 친위대의 정예 몇이 온다더군. 친위대의 대장은 이후 합류하기로 했어."

교류라는 명목하에, 자카르와 그 부하들은 한동안 제국에 머물 계획이었다.

그 기간 동안 상황을 충분히 공유하고 전력을 파악할 수 있을 것이다.

칸타레스가 말을 이었다.

"당장 동맹을 이룬다면 우리 칼리온 제국과 에버란 왕국, 루카인 왕국, 그리고 네펠레 왕국이 중심이 될 거야. 거기에 엘프 2왕국까지."

이 정도면 꽤 훌륭하다 말할 수 있었다.

아니, '성검의 푸른 기사'에서 처음 전쟁이 시작되었을 무렵보다 비교도 할 수 없을 정도로 나은 상황이라고 말할 수 있었다.

켄드릭이 헛웃음을 터뜨렸다.

"굳이 말하기도 민망하지만…… 정말 굉장한 전력이군요."

과거 대전쟁이 끝난 이래 이 정도 규모의 동맹이 맺어진 적이 있었던가.

그들이 아는 한, 이번이 최초였다.

소란스럽던 제국 안팎을 정리했고 다른 나라의 협력도 얻어 냈다.

그리고 이종족과의 동맹을 확답받았고, 드래곤을 밖으로 끌어내는 데 성공했다.

아렌트가 앞장서서 쳐 댄 온갖 사건 사고를 하나하나 수습한 결과였다.

망할 견습 기사의 웃기지도 않은 촌극에 어울린 결과, 칼리온 제국은 만전의 상태를 기할 수 있게 된 것이다.

칸타레스의 시선이 자연스레 아렌트에게 닿았다.

'도대체 언제부터, 어디까지 내다본 건지.'

황궁 내에서부터 대신전까지 정리했던 아렌트의 행보가, 아무리 생각해도 우연 같지는 않았다.

물론 그의 목줄을 처음 풀어 준 건 칸타레스였다.

하지만 황태자 역시 이런 결과가 나올 거라고는 전혀 예상치 못했다.

아렌트는 부서진 심장의 검 소속 인물들을 괴물이라고 지칭했다.

하지만 그들이 보기에는 아렌트도 만만찮은 괴물이었다.

황태자의 시선을 느낀 아렌트가 고개를 살짝 꺾으며 삐딱하게 물었다.

"왜 그렇게 보시는데요?"

"아니다. 아무것도."

칸타레스는 시치미를 뚝 떼고 손을 내저어 버렸다.

잠자코 있던 라이오스가 운을 뗐다.

"칼리온 제국의 정당한 주인이신 황제 폐하와 황태자 전하, 그리고 루체 님께 승리를 바치겠습니다."

약간의 격앙도 없이, 그저 당연한 사실을 입에 담는다는 듯 차분한 선언이었다.

지나치게 담백했지만, 그 속에는 듣는 사람마저 허리를 꼿꼿이 펴게 만드는 힘이 있었다.

하지만 아렌트만은 단장의 말이 영 마음에 안 든다는 듯, 뚱한 얼굴이었다.

그것을 알아본 라이오스가 덧붙였다.

"물론 개죽음은 절대적으로 지양해야지."

"……뭐, 좋아요."

할 말을 빼앗겨 버린 아렌트가 불만스럽게 입을 비죽거렸다.

그러자 얼굴을 굳혔던 이들이 저마다 피식피식 작게 웃음을 터뜨렸다.

2장. 대릿수가 많아 봤자

머릿수가 많아 봤자

상황이 좋지 않았다.

밤이 깊어 갈수록 코를 찌르는 피비린내 역시 강해졌다.

검을 붙잡은 손에 힘을 놓치지 않으려 애쓰며, 기사 위겐스는 눈을 부릅떴다.

흐르는 땀이 머리를 축축하게 적셨다.

몸을 지켜 주는 무거운 갑옷이 천근만근처럼 느껴졌다.

지쳐서 금방이라도 나가떨어질 것 같았지만 어떻게든 움직여야만 했다.

위겐스가 이를 악물고 한 발짝 더 앞으로 나선 그때.

바로 가까이에서 동료의 비명 소리가 터져 나왔다.

"으아아아악! 괴물 새끼야, 죽어!"

"크르르륵……."

끈적한 점액을 줄줄 흘려 대는 시체가 몇 번이나 베인 몸을 질질 이끌고 덤벼 왔다.

썩은 살냄새와 피비린내, 패닉에 빠진 기사들과 병사들이 반쯤 울면서 지르는 괴성, 병장기 부딪치는 소리가 마치 꿈만 같았다.

하지만 넋을 놓고 있을 시간은 없었다.

위겐스는 눈앞에 닥쳐드는 구울을 크게 베어 냈다.

서걱!

몸이 완전히 두 동강 난 구울이 바닥에서 벌레처럼 꿈틀거렸다.

끔찍한 광경이었다.

무덤에서 파내어지기 전에는 분명 누군가의 가족이었고 친구였을 자였다.

그것을 떠올리니 더욱 참담한 기분이 되었다.

"이게 악신교 놈들의 짓이라고……."

칼리온 제국에서 시작된 분쟁은 서서히 그 규모를 키워 이런 변두리의 작은 영지에까지 그 마수를 뻗치기 시작했다.

근방에 살던 민간인들을 큰 피해 없이 대피시킬 수 있었던 건 분명 행운이었다.

하지만 이제는 이곳을 지키는 기사들의 목숨을 보장할 수 없게 되었다.

단단한 갑옷은 그들을 지켜 주는 것 같았지만, 연이은 싸움으로 지친 이들에게는 짐밖에 되지 않았다.
당장이라도 마음이 꺾일 것 같아, 그는 저도 모르게 기도를 입에 담았다.
"정의와 빛이신 루체께서 우리를 수호해 주시길."
"……."
그의 작은 목소리를 들었는지, 주변의 지친 이들 역시 멈칫하는 게 느껴졌다.
누군가가 이를 으득 악물고는 악에 받쳐 중얼거렸다.
"……더러운 악신의 종자들 같으니."
"죽는 한이 있더라도…… 그냥은 안 간다."
사기를 잃기 직전이었던 이들의 눈에 하나둘 빛이 돌아오기 시작했다.
이건 그냥 싸움이 아니었다.
신을 위해 목숨을 바치는 성전과도 같았다.
고작 이 정도 괴물에 겁을 먹는다면 루체 신의 명예에 먹칠을 하는 것과 다름없었다.
위겐스 역시 검을 다잡았다.
산 것도, 죽은 것도 아닌 적들이 여전히 꾸역꾸역 밀려들고 있었다.
그러나 사기가 팽배해진 이들은 한 발짝도 물러서지 않았다.

"이 더러운 괴물 놈들아!"

위겐스는 고함을 지르며 검을 크게 휘둘렀다.

그때.

서걱.

바로 눈앞에 있던 동료가 갑옷 채로 잘려 나갔다.

그가 쏟아 낸 뜨거운 피가 얼굴에 튀었다.

목숨을 잃은 기사가 볼품없이 쓰러지는 것과 동시에, 육중한 땅울림이 느껴졌다.

보통 인간의 다섯 배는 되어 보이는 거인이 홀연히 모습을 드러냈다.

방금 기사 하나를 베어 낸 거대한 곡도에서 채 식지도 않은 피가 뚝뚝 떨어지고 있었다.

위겐스는 그대로 얼어붙어 버렸다.

'어디에서 튀어나온 거지?'

그런 것을 따질 겨를도 없었다.

거인이 이미 지척까지 이르렀다.

지금 검을 들어 방어해 봤자 저 거구의 힘을 이겨 낼 수 있을 것 같지도 않았다.

"젠장……!"

결국 위겐스는 눈을 질끈 감는 쪽을 선택했다.

이대로 목숨을 잃어도 후회는 없었다.

끝까지 루체의 시종일 수 있었으니까.

그 영광을 지키기 위해 죽는 거라면 기쁘게 받아들이리라.

"크어어어!"

거인이 커다란 입을 쩍 벌리고 울부짖었다.

놈의 검은 이미 위겐스의 몸을 두 동강 내기 위해 날아들고 있었다.

기사의 입에서 인생의 마지막이 될 기도가 흘러나왔다.

"루체 님의 은총이……."

"은총은 얼어 죽을."

그때, 언짢음이 가득 실린 음성이 그의 경건한 기도를 중간에서 가로챘다.

때와 맞지 않은 한기에, 위겐스는 저도 모르게 눈을 떴다.

가장 먼저 시야에 들어온 것은 다이아몬드처럼 흩어지는 얼음 조각이었다.

새하얀 폭풍이 눈앞을 가리는 듯한 착각이 든 순간, 가느다란 체구의 청년이 그의 앞에 홀연히 나타났다.

휘영청 떠오른 달빛을 고스란히 품은 은발이 새하얗게 반짝였다.

"……."

마치 무언가에 홀린 것 같은 기분이었다.

청년을 중심으로 강한 냉기가 몰아쳤다.

냉기를 검기처럼 두른 검과 거인의 무기가 정면으로 맞부딪혔다.

콰아앙!

버티는 대신, 청년은 매끄럽게 공격을 옆으로 흘려 버렸다.

그러고는 적이 균형을 잃어버린 틈을 놓치지 않고 몸을 빙글 돌려 단칼에 목을 날려 버렸다.

거인의 목이 툭 떨어지는 것과 동시에, 그 역시 사뿐히 착지했다.

군더더기라고는 전혀 없는 유려한 움직임이었다.

천천히 몸을 일으키는 그를 보며 위겐스는 저도 모르게 넋을 잃어버리고 말았다.

"……."

하지만 그것으로 끝난 게 아니었다.

목이 잘린 채 잠깐 주춤하던 괴물은 곧 억지로 버티고 서서 검을 치켜들었다.

금방이라도 청년을 동강 내 버릴 기세였다.

퍼뜩 정신을 차린 위겐스가 비명을 질렀다.

"뒤, 뒤를 보십시오!"

하지만 그 순간.

거인이 뻣뻣하게 경직되더니, 곧 새하얀 서리에 완전히 잡아먹히고 말았다.

얼음덩어리가 된 거구가 기우뚱, 쓰러지더니 지면과 부딪혀 산산조각 났다.

"……."

"뭐를, 뭐?"

한기를 몰고 온 은발의 청년이 삐딱하게 물었다.

그저 시큰둥하기만 한 곱상한 얼굴에 위겐스는 입을 쩍 벌렸다.

그는 위겐스를 일별하고는 방금 목숨을 잃은 기사 쪽으로 시선을 주었다.

황금색 눈동자에 잠깐 언짢음이 스치려는 찰나, 뒤에서 짜증 가득한 재촉이 날아들었다.

"야, 노닥거릴 시간 없어!"

그제야 위겐스는 거구에 가려져 있던 또 다른 청년을 발견할 수 있었다.

은발의 청년이 혀를 차며 시신에서 눈을 뗐다.

"쯧, 시끄럽게. 알았다고요."

"그리고 마력 좀 아껴! 몸 사리라고 몇 번을 말해?"

"꼬우면 더 빨리 움직이라고 제가 몇 번을 말해요? 아서 선배가 늦어 놓곤 왜 나보고 잔소리야."

두 사람은 티격태격하면서도 다시 전장을 향해 파고들었다.

멀지 않은 곳에서 구울들을 베어 내던 다른 남자가 짜증을 터뜨렸다.

"둘 다 말싸움할 시간에 움직여라!"

위겐스는 얼이 빠진 채 멍하니 그들을 눈으로 좇았다.

그들은 무겁고 딱딱한 갑옷 대신 빠르고 날렵한 움직임에 최적화된 제복 차림이었다.

이 피 튀기는 전장 속에서도, 오히려 갑옷이 방해가 될 정도로 강한 이들이라는 증거였다.

"황실 기사단……."

누군가가 신음처럼 중얼거리는 소리가 귓전을 파고들었다.

짙은 푸른색 제복은 황실 기사단의 상징이었다.

가장 처음 나타난 기사의 제복이 다른 두 사람보다 옅은 빛인 것은 그가 견습 기사이기 때문일 테고.

등장하자마자 입씨름부터 한 그들은 마치 한 몸처럼 움직이며 구울들을 도륙하고 있었다.

고작 셋이 합류했을 뿐인데도 전황이 순식간에 뒤집혔다.

제대로 저항조차 하지 못하고 쓸려 나가는 적들을 보고 있자니, 억지로 검을 붙잡고 있던 손에서 힘이 빠졌다.

긴장이 풀린 탓에 다리가 후들거리고 온몸이 아파 왔다.

"살……."

비장한 기도를 읊던 입에서 볼품없는 한마디가 흘러나왔다.

"살았다……."

방금 동료를 잃었지만, 추하게도 자신만은 목숨을 지켰다는 생각에 마음이 놓였다.

위젠스는 그런 자기 자신이 너무나도 혐오스러워서 눈물이 날 것 같았다.

* * *

"감사합니다, 정말 감사합니다!"

멜로이 백작이 머리를 땅에 찧을 듯 연신 고개를 숙였다.

"와 주신 덕분에 피해가 크게 줄었습니다! 정말 감사합니다! 어떻게 이 은혜를 갚아야 할지……."

"그저 당연한 일을 했을 뿐입니다."

그를 일으켜 세우며 리히트가 단정하게 대답했다.

"칼리온 제국 제3기사단 소속 리히트 폰 크리산타입니다. 뒤는 아서 노버트 경과 견습 기사인 아렌트 폰 에크하르트 경입니다. 황태자 전하께서 지원 명령을 내리셨고, 라이오스 드 윈프리드 단장님이 저희를 이쪽으로 배치하셨습니다."

"황태자 전하께서 내리신 자비에 감읍할 따름입니다……!"

백작은 당장이라도 울음을 터뜨릴 기세였다.

그러지 않는 게 더 이상했다.

변두리의 평화로운 영지에서 하루하루 행복하게 지내던 차였는데, 갑작스럽게 괴물 떼에게 습격을 당했으니.

리히트가 덤덤히 말을 이었다.

"민간인을 우선 대피시킨 빠른 대처 덕에 피해를 줄일 수 있었습니다. 다만 영주님 휘하의 기사 한 명과 병사 세 명이 전사했습니다. 유감을 표합니다. 단장인 위겐스 군이 채 보고를 할 상태가 아닌 듯해 대신 전해 드립니다."

"……."

멜로이 백작의 얼굴이 일그러졌다.

하지만 그는 감정을 터뜨리는 대신, 짧은 침묵으로 감정을 추슬렀다.

"……그렇군요. 여러분께서도 고생하셨습니다. 먼 길을 달려오신 데다, 도착하시자마자 전장으로 향하셨으니 필시 피로하실 테지요. 아침 식사와 쉬실 방을 마련해 두었습니다. 집사가 저 대신 안내해 줄 겁니다."

"신경 써 주셔서 감사합니다, 영주님."

리히트가 묵례했다.

최근 나타나는 구울들은 밤에 활발해지고 낮에는 거의 움직이지 않는다는 특징이 있었다.

지금이 휴식을 취할 절호의 기회였다.

뒤에서 가만히 듣고 있던 아렌트가 불쑥 끼어들었다.

"유가족을 만나러 가십니까?"

"예? 아, 예. 그래야지요. 부상자들도 살피고…….."

갑작스러운 물음에 백작이 고개를 끄덕였다.

"그러면 오후에 시간 좀 내주세요. 논의해야 할 게 있습니다."

"물론 그렇게 하겠습니다. 그럼 조금 이따가 뵙겠습니다."

한 번 더 고개를 푹 숙인 백작이 급한 발걸음으로 자리를 떴다.

당장이라도 다친 병사들을 직접 확인하고 싶어 안달이 난 모습이었다.

아서가 멀어지는 노백작의 뒷모습을 향해 딱하다는 시선을 보냈다.

"좋은 영주님이시네요."

황실 기사단이 방문했는데도 아랫사람을 돌보는 모습에서 그가 평소 자신의 영지민들을 얼마나 아꼈는지 엿보였다.

"그렇군. 다행이야."

맞장구를 치며 리히트가 슬쩍 아렌트를 보았다.

그와 눈을 마주친 아렌트가 인상을 구겼다.

"왜요?"

"영주님이 저런 분이 아니셨다면, 우리는 또 네가 꼬장 부리면서 영주님 복장 뒤집는 걸 봐야 했을 테니까."

"여흥이죠, 여흥. 게다가 선배들도 딱히 말리시지도 않앉잖아요."

아렌트가 어깨를 으쓱하자 아서가 그를 곱지 않은 눈으로 흘겨보았다.

"네가 말린다고 말려지는 놈이냐?"

"자기 자신한테 솔직해지시죠. 그때는 선배도 좀 재밌다고 생각하셨던 거 다 알아요."

"내가 언제!"

자연스레 두 사람이 입씨름을 시작하자 리히트는 한숨을 내쉬며 고개를 절레절레 내저었다.

'황궁을 떠난 지 얼마나 되었더라.'

적어도 몇 주가 지난 채였다.

산발적으로 벌어지는 구울 사태에 기사들이 직접 뛰어들어 이곳저곳을 누비고 다니게 된 게.

슬슬 지칠 때도 된 것 같았지만, 저 젊고 어린 두 놈은 여전히 기운이 넘쳤다.

듣고 있기도 슬슬 귀찮아져, 리히트가 짜증스레 쏘아붙였다.

"시끄러우니 둘 다 입 다물어라. 어쨌든 여기도 허탕이면 최대한 빨리 정리하고 떠나야 한다."

"그랬죠. 하지만 아까 놈들을 보니 영 잘못 짚은 건 아닌 것 같았습니다."

아서가 고개를 끄덕였다.

아까 처치한 구울들은 다른 영지에 나타난 놈들보다 확연히 강했다.

게다가 대부분 낯선 형태가 아니었다.

언젠가 지클린의 연구실에 쳐들어갔을 때 조우했던 놈들과 비슷한 모양새였으니까.

"말처럼 쉽게 풀리면 좋을 텐데 말이죠."

짜증스레 툴툴거린 아렌트가 주머니에 손을 꽂아 넣었다.

"쯧, 근데 내 인생에 편한 게 있었나."

"새파랗게 어린놈이 그런 말 하는 거 아니다."

"세상 넓은 줄 누구보다도 잘 아시는 선배님께서 말씀하시는데, 아무렴요."

리히트의 주먹이 부들부들 떨리기 시작했다.

"……언제까지 써먹을 거냐, 그거."

아렌트가 어깨를 으쓱했다.

"질릴 때까지요."

정확히 말하자면 리히트의 반응이 미지근해질 때까지였지만, 아무래도 당분간은 그럴 일이 없을 것 같았다.

짧은 휴식 후 오후 무렵.

다시 만난 백작은 좀 더 초췌해져 있었다.

"경황이 없어 제대로 대접하지도 못했군요. 죄송합니다."

"아닙니다. 이해합니다. 그럴 상황이니까요. 정말 잘 대처하셨습니다. 백작님 덕분에 피해가 크게 줄었습니다."

소파 상석에 앉아 연신 고개를 숙이는 백작에게 리히트가 담담히 대답했다.

빈말이 아니었다.

이곳은 시골 변방의 작은 영지였고, 백작과 영지민 대부분은 평생 여기에 터를 잡고 살던 순박한 이들이었다.

치안대와 병사, 기사들의 일이라곤 도망친 가축을 잡거나 이따금 술에 취해 다툼을 벌이는 이들을 말리는 정도가 전부였다.

그나마 치안대의 정보부 소속 인원이 황궁에서부터 악신교에 관한 정보를 공유받으며, 백작에게 제때 보고한 덕분에 적절히 대처할 수 있었다.

그렇지 않았다면 기사들이 도착한 시점에서 이미 영지는 구울들에게 점령당했을 게 분명했다.

백작이 창백한 얼굴로 쓰게 미소 지었다.

"그리 말씀해 주시니 몸 둘 바를 모르겠습니다. 여러분이 제때 와 주시지 않았더라면 그마저도 물거품이 되었을 겁니다."

순박한 반응에 리히트 역시 무표정한 얼굴에 작게 미소를 띠려는 찰나, 아렌트가 불쑥 끼어들었다.

"공치사하긴 좀 이르지 않습니까? 아직 사태가 완전히 종료된 것도 아니고."

"……."

"아, 백작님한테 드린 말씀은 아닙니다. 백작님은 잘하셨죠. 잔챙이 몇 죽인 걸로 고생했니 뭐니 하는 선배들한테 한 말이니까 백작님은 신경 쓰지 마세요."

"하하……."

밉살맞은 한마디에 백작의 웃음이 약간 어색해졌다.

리히트 역시 그대로 이마를 짚었다.

모처럼 훈훈하던 분위기가 순식간에 박살 나는 순간이었다.

그러거나 말거나 아렌트는 제 할 말만 할 뿐이었다.

"놈들이 어디에서 오는지는 혹시 확인하셨어요?"

"……아니요, 추적해 보려 했지만 실패했습니다. 놈들이 몰려오는 방향을 보아하니 아마 산에서 내려오는 게 아닌가 추측만 할 뿐입니다."

백작의 표정이 살짝 흐려졌다.

"도움이 될까 싶어서 사람을 보내려 하긴 했습니다. 자원하는 이들도 있었지요. 하지만 아무리 생각해도 위험한 일 같아서 제가 가지 못하도록 막았습니다. 죄송합니다."

"잘하셨네요. 무턱대고 능력 밖의 일을 하다가 죽어 버리는 것보다야 훨씬 낫지."

아렌트가 시큰둥하게 대꾸하자 백작이 눈을 크게 떴다.

멍하니 눈을 끔뻑이는 그에게 아렌트가 퉁하니 물었다.

"왜 그렇게 보십니까?"

"……실례지만, 아렌트 폰 에크하르트 경 되시지요?"
"그런데요?"
"그……."
차마 백작은 말을 잇지 못했다.
아렌트가 의아하게 눈썹을 휘려는 찰나, 백작의 의중을 알아차린 아서가 먼저 끼어들었다.
"백작님, 이 녀석 아세요?"
"아, 아니요. 그저 얼마 전에 소문으로만……."
"괜찮습니다. 소문난 대로 개망나니 자식이 맞긴 한데, 그래도 사람은 좀 가리거든요. 닥치는 대로 막 물다가도, 가끔가다 안 무는 사람이 있긴 합니다."
"안, 안 무는 사람이요?"
당황한 백작이 더듬더듬 되묻는 사이 아렌트가 뾰족하게 쏘아붙였다.
"어이가 없네. 왜 사람을 개 취급하세요?"
그러거나 말거나 리히트 역시 한마디를 얹었다.
"이상한 놈이긴 하지만 그렇게까지 나쁜 놈은 아닙니다. 일은 잘하니 안심하셔도 괜찮습니다."
그렇게까지 나쁜 놈이 아니라는 말은, 어느 정도는 나쁜 놈은 맞다는 걸까.
그런 의문이 목 끝까지 치솟아 올랐지만 백작은 그냥 고개를 주억거리는 것으로 위험한 호기심을 갈무리했다.

하지만 그러면서도 앳된 기사에게서 시선을 쉽게 떼지 못했다.

'그 유명한 3기사단의 악명 높은 견습 기사……'

최근 구울에 의한 습격 사건이 산발적으로 일어났다.

황실 기사단은 온 제국을 종횡무진 누비며 최전선에 나섰다.

이후 황실 기사단의 눈부신 활약상은 귀족, 서민 할 것 없이 모두에게 가장 큰 관심거리가 되었다.

그중에서도 제3기사단의 라이오스 드 윈프리드 단장의 명성은 하늘을 찌를 듯이 높아져만 가고 있었다.

라이오스를 직접 본 사람은 모두 그를 칭송했다.

라이오스 드 윈프리드야말로 루체의 사랑을 받을 자격이 있다고.

물론 대쪽 같은 마음을 가진 사람이니 그만큼 적을 많이 만들기도 할 것이다.

하지만 사람들은 그 적의를 겉으로 내보이지는 못했다.

누가 봐도 라이오스는 절대적인 선이고, 정의였으니까.

'하지만……'

저 견습 기사의 명성은 악명과도 비슷했다.

버르장머리 없고 그 누구보다도 까칠하다.

파견 나간 영지에서 소동을 부리고, 영주들이 학을 떼게 만드는 건 보통이었다.

황궁에 드나드는 귀족들 중 그에게 골탕을 먹지 않은 자를 찾는 게 더 힘들 지경이라고 했다.

하늘 높은 줄 모르고 설치는 어린애인 것 같지만, 심계가 아주 대단해서 속수무책으로 당할 수밖에 없다고 모두가 입을 모아 말했다.

'그런데도 황태자 전하와 단장의 신임을 한 몸에 받는다지.'

그의 수려한 외모, 그리고 대단한 성격과 함께 퍼진 가장 유명한 일화였다.

혁혁한 공을 몇 개나 세운 덕에, 견습 기간을 모두 채우지 않아도 서임을 내려 주겠다고 황태자가 직접 제안했다고 한다.

하지만 그는 단칼에 거절해 버렸다.

이유는 명확히 알려지지 않았지만.

"뭘 그렇게 보십니까? 새삼 살펴도 잘생겼다는 건 달라지지 않는데요."

"……아닙니다. 죄송합니다."

도도한 어조에 백작은 저도 모르게 눈을 피하고 말았다.

아렌트는 느긋하게 다리를 꼬며 팔짱을 꼈다.

"어쨌든, 지금 중요한 건 그게 아니고요. 아직 일이 끝난 게 아니잖아요."

"예, 예, 그렇지요."

영주가 저자세로 허리를 굽실대고 손님인 견습 기사가 명령조로 말하는 이상한 상황이었다.

하지만 그 점을 지적하는 사람은 아무도 없었다.

"해가 지기 전, 당장 움직일 수 있는 사람만 모아요. 오늘 밤에 본거지를 치러 갈 거니까."

"본거지를…… 말입니까? 그 괴물 놈들의 본거지요?"

백작이 제 귀를 의심하며 몇 차례나 되물었다.

리히트가 아렌트 대신 고개를 끄덕였다.

"그렇습니다. 놈들은 한곳에 터를 잡고 서식하며 사람이 사는 땅을 공격합니다. 그곳부터 정리해야 합니다."

"……알겠습니다. 부상자들을 제외한 모든 병력을 모으겠습니다. 전력을 다해 놈들을 토벌할 각오를 해야겠습니다."

고민하던 백작이 짐짓 비장하게 말했으나, 아서가 고개를 내저었다.

"아뇨, 그렇게까지는 필요 없고. 자원하는 사람만 모아 주십시오. 그걸로 충분합니다."

"예? 하지만……."

"머릿수가 많아 봤자 도움 안 됩니다. 싸울 수 있는 사람만 오라고 해요."

뭐라 반박하려는 백작의 말을 아렌트가 중간에서 뚝 잘라 버렸다.

"어제 보니까 놈들이 민가로 가지 못하도록 길을 따라서 방책(防柵)을 세워 두셨잖아요. 그쪽에 병력을 모두 배치해요."

"전부요?"

하지만 뒤이어진 지시는 여전히 백작으로서는 쉽게 이해할 수 없었다.

"방금 전부라고 말씀하셨습니까?"

백작이 귀를 의심하며 묻는 말에 리히트가 덤덤히 대답했다.

"아무래도 저희는 셋뿐이니, 놓치는 놈들이 생길 수도 있습니다. 저희가 미처 처리하지 못한 놈들을 정리해 주십시오."

이들이 아무리 강하다 하나, 고작 세 명이었다.

그에 반해 쏟아져 나오는 구울들은 군대라고 불러도 모자람이 없었다.

"정말 괜찮으시겠습니까?"

"안 괜찮을 것 같으면 굳이 이 먼 곳까지 왔겠어요? 괜히 도와주겠다고 옆에서 얼쩡거리면 방해만 되는……."

턱.

아서가 쫑알거리는 아렌트의 입을 막았다.

"이놈 말버릇이 이래서 그렇지, 피해를 최소화해야 한다는 뜻이니까요. 오해 없으시길 바랍니다."

"예에……."

그 광경에 백작은 얼떨떨하게 고개를 끄덕일 수밖에 없었다.

아렌트가 짜증스레 아서를 밀쳤다.

"아, 진짜. 더러운 손 치워요. 그리고 방벽 근처로 횃불을 최대한 많이 놓아요. 놈들은 불에 약하니까, 꼴에 본능은 조금 남아 있어서 불을 보면 주춤할 겁니다."

"화공(火攻)이 제법 유효합니다. 그러니 전투가 벌어지기 전, 방책 주변으로 기름 몇 동이와 물도 준비해 주십시오."

리히트가 덧붙여 주었다.

견습 기사가 선배에게 더러운 손 어쩌고 하며 지껄인 것은 추호도 신경 쓰지 않는 태도였다.

결국 백작은 대화를 따라가는 것을 포기했다.

"알겠습니다. 그렇게 준비시키겠습니다."

"잘 부탁드립니다, 백작님."

정중히 묵례하는 리히트에게 백작 역시 엉겁결에 고개를 숙였다.

* * *

잔뜩 겁을 집어먹은 채 퇴각했던 전과는 달리, 전투에

참여하겠다는 지원자는 제법 많았다.

한발 먼저 방책 근처에 가 있던 기사들은 상정했던 것보다 많은 인원을 데리고 온 위겐스를 보고는 놀란 얼굴을 할 수밖에 없었다.

"이렇게나 많이 올 줄은 몰랐는데."

"우리 삶의 터전을 지키는 일입니다. 물러설 수는 없습니다."

아서의 말에 위겐스가 결연히 대답했다.

"저는 영주님을 지키는 기사단의 단장입니다. 적 앞에서 추한 꼴은 결코 보이지 않을 것입니다. 전사한 동료를 위해서라도요."

기사단이라고 해 봤자, 작은 영지에서 검을 쓸 줄 아는 놈들을 모아 갑옷을 걸쳐 주고 적당히 훈련시킨 것에 불과했다.

전투다운 전투를 치른 것은 이번이 처음이었다.

그러니 다들 공포에 질릴 법도 한데, 움직일 수 있는 이들은 모두 자원해서 구울을 물리치겠다며 나선 것이다.

아서와 리히트가 그 마음을 모를 리 없었다.

아서가 피식 웃으며 위겐스의 갑옷을 퉁, 두드려 주었다.

"멋지군. 훌륭한 기사를 둬서 영주님께서 뿌듯하시겠어."

"감사합니다. 여러분께서도 목숨을 걸고 싸워 주신다고 하니 어찌 저희가 가만히 있겠습니까."

위겐스가 흐린 미소를 짓는 찰나, 옆에서 밉살맞은 목소리가 불쑥 튀어나왔다.

"우린 목숨 건 적 없어. 안 죽을 확신이 있는 것뿐이지."

"……!"

화들짝 놀란 위겐스가 소리가 들린 쪽을 돌아보았다.

아렌트가 특유의 시큰둥한 얼굴로 방책 저편을 응시하고 있었다.

위겐스는 그의 얼굴을 똑똑히 기억했다.

위기의 순간 홀연히 나타나서 그의 목숨을 구해 준 이었다.

퍼뜩 정신을 차린 위겐스가 고개를 푹 숙였다.

"늦었지만, 구해 주셔서 감사합니다. 덕분에 목숨을 부지했습니다."

"……."

아렌트는 그를 힐끗 보고는, 아무런 대꾸도 없이 시선을 휙 돌려 버렸다.

그 차가운 반응에 위겐스는 당황하고 말았다.

아서가 쓰게 웃었다.

"원래 그런 놈이니 신경 쓰지 마. 어쨌든, 해 뜰 때까지 방비를 단단히 하도록 해. 최대한 수를 줄여 놓은 뒤, 물러나는 놈들을 추격할 거다. 우리가 추격을 시작하면 너희는 여기에서 대기해."

"예? 함께 가는 게 아닙니까?"

위겐스의 물음에 아서의 미소가 조금 어색해졌다.

"……너희들은 따로 할 일이 있어."

"예?"

점점 어두워지던 하늘이 이내 완전히 어둠에 삼켜졌다.

마지막 한 줄기 빛마저 그림자에 점령당하고 방책을 따라 길게 세워 둔 횃불이 새빨갛게 타올랐다.

아서 대신 리히트가 입을 열었다.

"필요한 건 다 준비했나?"

"차질 없이 준비했습니다."

위겐스는 일단 고개를 끄덕였다.

기사들은 전투가 시작되기 전 횃불과 기름 몇 동이, 그리고 커다란 물동이를 최대한 많이 준비하라고 명령했다.

약간 긴장된 마음으로, 위겐스는 기사들이 요구한 물건들을 다시 한번 확인했다.

그러다 곧 그는 이상한 것을 깨달았다.

"……기름 몇 병이 부족한데?"

분명 기사들이 요구한 대로 준비했다.

낮에도 몇 번이나 오가며 확인했으니 차질은 없을 텐데.

하지만 다른 생각을 할 틈은 길지 않았다.

"온다."

적들의 기척을 감지한 리히트가 짧게 툭 내뱉은 탓이었다.
어둠에 잠긴 길 저편에서 구물구물 다가오는 기이한 실루엣들이 하나둘 시야에 들어왔다.
영주의 기사들과 병사들은 저도 모르게 저마다 무기를 움켜쥐었다.
황실의 세 기사 역시 검을 뽑아 들었다.
챙!
맑은 소리와 함께 드러난 새하얀 검신이 횃불을 붉게 반사했다.
"……보인다."
위겐스가 저도 모르게 중얼거렸다.
인간의 형태와 비슷한 것, 혹은 네발짐승이나 곤충 등 온갖 형상의 적들이 느리지도 빠르지도 않은 속도로 밀려들고 있었다.
놈들이 육안으로 확인할 수 있을 정도로 가까워지자, 뒷목이 뻣뻣해질 정도의 긴장감이 느껴졌다.
하지만 위겐스는 정신을 다잡으려 애썼다.
목숨을 잃은 이가 있는데, 고작 이 정도로 겁먹을 수는 없었다.
다른 이들 역시 마찬가지인지 투구를 뒤집어쓴 얼굴들이 새파랗게 질리는 게 눈에 보일 지경이었다.
전투를 앞두고 감각이 곤두서는 게 느껴졌다.

'정신 차려.'

놈들이 풍기는 악취와 준비해 둔 기름 냄새, 전날 밤 전투의 여파로 느껴지는 피비린내, 사박사박 풀을 밟는 놈들의 발소리…….

귓가에서 자신의 심장이 쿵쿵 뛰는 소리까지 정신을 어지럽게 했다.

놈들이 접근해 올수록, 안색이 나빠진 것은 기사들 역시 마찬가지였다.

이유는 조금 달랐지만.

아서가 다른 이들에게 들리지 않도록 속삭였다.

"……야, 진짜 해?"

"준비도 다 해 놨잖아요. 뭘 이제 와서."

"난 모른다."

뒤이어 아렌트가 태평하게 대꾸하고, 리히트가 슬그머니 외면했다.

"케에에엑!"

마침내 지척까지 다다른 놈들이 빠르게 달려들기 시작했다.

위겐스와 영지의 기사들 역시 검을 틀어쥐고 앞으로 나서려 했다.

하지만 차가운 목소리가 그들을 저지했다.

"잠깐."

아렌트였다.

"예?"

"좀 더 기다려."

그들을 물린 아렌트가 방책에 장갑 낀 손을 가져갔다.

싸늘한 냉기가 피어나며 기다란 방책에 순식간에 살얼음이 피어났다.

울타리 전부를 얼리는 것은 불가능했지만, 사람 몇 명이 몸을 숨길 수 있는 얼음 방패가 만들어졌다.

"……!"

그 광경에 병사들이 넋을 잃었다.

마력을 갈무리한 아렌트의 시선이 적들에게 고정되었다.

이제 놈들과의 거리는 채 50보도 남지 않았다.

"자, 그럼 수고해."

아렌트가 뜻 모를 응원을 툭 내뱉었다.

어째서인지 무표정하던 얼굴에 슬쩍 미소까지 드리워 있었다.

얼이 빠진 위겐스가 눈만 끔뻑이는 사이, 아렌트는 그를 지나쳐 방책 밖으로 나갔다.

그러고는 지면을 박차고 구울들에게 달려드는 대신,

와장창.

줄지어 세워 둔 화로 중 하나를 걷어찼다.

"어?"

순간 지켜보던 이들의 입에서 바보 같은 소리가 터져 나왔다.

새카만 밤하늘 아래, 넘어진 화로의 불꽃이 유난히도 새빨갛게 보였다.

"……."

탁, 타닥.

듣기 좋은 소리를 내며 불길이 점점 번졌다.

사방에 깔린 마른 풀이 딱 좋은 장작이 되어 주었다.

팔짱을 낀 채 뻔뻔하게 그들을 바라보는 아렌트의 흰 얼굴에 붉은빛이 일렁였다.

"수고하라고 말했잖아. 대답 안 해? 빠져 가지곤."

그 한마디를 마지막으로, 견습 기사는 순식간에 퍼져 나가는 화염을 등지고 구울들을 향해 땅을 박찼다.

위겐스는 살벌하게 치솟아 오르는 불꽃을 넋 놓고 바라보며 중얼거렸다.

"화공……."

기사들은 화공을 하겠다고 말했다.

그래서 기름과 화로, 불을 준비했다.

혹시 모를 사태에 대비해 불을 진화할 물동이도 넉넉하게 가져왔다.

하지만 그들은 어떻게 화공을 벌일 건지는 말하지 않았다.

화살을 쓸 건지, 화염병을 던질 건지에 대해서는 단 한마디도 없었다.

"설, 설마……."

유난히도 코를 찌르던 기름 냄새.

그리고 어째서인지 몇 병 비던 기름.

드디어 상황을 파악한 위젠스의 얼굴이 새파랗게 질렸다.

"단, 단장님! 단장님! 불이 번집니다!"

"으아아악! 저쪽은 밭이 있는 곳인데!"

부하들이 비명을 질러 대는 소리에 위젠스가 넋 나간 채 한마디를 얹었다.

"미친……."

이 정신 나간 기사들이, 그들이 도착하기도 전 방책 너머에 기름을 부어 둔 거였다.

눈 깜짝할 새 번진 불은 이내 방책과 불과 몇 걸음 떨어진 곳에 맹렬하게 타오르며 화염으로 만들어진 방벽이 되었다.

습격하던 구울들이 속도를 주체하지 못하고 그대로 불길 속에 뛰어들기 시작했다.

"끼에에엑!"

"커억, 크어어어!"

현장은 순식간에 아수라장으로 변했다.

난리가 난 것은 위젠스와 수하들 역시 마찬가지였다.

"앗, 뜨거!"

"으아악, 번진다, 번진다! 물 끼얹어! 빨리!"

"끼에에엑!"

고기 타는 냄새와 구울들이 내지르는 비명 소리, 뜨거운 열기 속에서 위겐스가 간신히 정신을 차렸다.

"당황하지 말고 튀어나오는 놈들부터 처리해라! 방책 너머로는 불이 번지지 않을 거다!"

다행히도 방책은 돌로 쌓은 덕에 불이 옮겨붙지는 않을 것 같았다.

게다가 아렌트가 떠나기 전 냉기를 불어넣어 주기도 했으니까.

"알, 알겠습니다!"

그제야 부하들이 하나둘 제정신을 차리고 무기를 부여잡기 시작했다.

불덩어리가 된 채로도 살아남은 구울들이 바깥으로 뛰쳐나와 몸부림쳤다.

기사들과 병사들은 보다 수월하게 놈들을 처리할 수 있었다.

다만.

"아이고, 저쪽에 포도나무 심은 밭이 있는데!"

"다 탄다, 다 타!"

이따금씩 터져 나오는 곡소리는 어쩔 수 없었다.

* * *

슬쩍 후방을 확인한 아서가 불안한 얼굴로 중얼거렸다.
"야, 진짜 이래도 되는 거냐? 이래도 괜찮은 거야?"
"이 정도면 몸 사리면서 싸우겠죠. 구울 놈들 상대하기도 좀 편할 테고."
아렌트는 늘 그렇듯 아무렇지도 않은 얼굴이었지만, 아서는 그렇지 못했다.
"그런데……! 그렇긴 한데!"
"괜히 비장하게 나서다가 죽는 것보다야 밭 몇 개 태우는 게 낫지 않아요?"
기사들과 함께 싸우겠다며 무리해서 따라오는 놈도 없을 것이다.
불이 번지지 않도록 애쓰며 불길 밖으로 뛰쳐나온 구울들을 베어 내기에도 정신없을 테니까.
달리는 데 집중하며 리히트가 신음처럼 읊조렸다.
"그렇게 태연히 말할 게 아니다. 우린 돌아가면 단장님한테 뒈졌어."
"……."
"저번 영지에서는 성문을 박살 냈지. 그전에는 영주님이 애지중지하던 별장을 날려 버렸고."

"배상금은 충분히 쥐여 줬잖아요. 아무도 안 죽었으면 됐지."

뻔뻔한 대답이 돌아왔다.

저게 바로 라이오스의 위통을 자극하는 태도였다.

일은 지나치게 잘했다.

수습도 잘했다.

다만 그 과정에서 뒷목 잡고 넘어가는 사람이 한둘이 아니라서 문제지.

"그리고 말은 바로 하죠. 문 박살 낸 건 내가 아니라 리히트 선배였을 텐데요?"

아렌트가 마력을 끌어 올렸다.

냉기가 한순간 전장을 휩쓸고, 떼로 몰려들던 구울 위로 새하얀 눈꽃이 피어났다.

아서는 뻣뻣하게 굳어 버린 적들을 익숙하게 베어 버렸다.

파각!

손끝에 얼음을 부수는 둔탁한 감각이 전해졌다.

얼음 조각이 되어 흩어진 적들은 진격하는 기사들의 발에 밟혀 가루가 되었다.

변명할 말을 잃어버린 리히트 역시 묵묵히 적들을 베어 나가기만 할 뿐이었다.

"굳이 해 뜰 때까지 안 기다려도 될 것 같은데요?"

기계적으로 움직이던 아서가 문득 그렇게 내뱉었다.

감각에만 몸을 맡긴 채 적들을 베어 내다 보니 어느새 수가 제법 줄어 있었다.

게다가 저 멀리서 위겐스는 뭔가를 깨닫기라도 한 건지 한술 더 뜬 기행을 벌이고 있었다.

"기름을 더 부어라!"

"예!"

명령을 들은 부하들이 울며 겨자 먹기로 바닥에 남은 기름을 뿌리기 시작했다.

수습할 길은 막막했지만, 효과적이긴 했다.

구울들이 좀처럼 방책 쪽으로는 접근하지 못하게 되었으니까.

정면에서 아렌트 일행이 구울의 수를 절반쯤 줄여 놓으면, 기사들을 피해 위겐스 쪽으로 달아난 놈들이 불에 뛰어들었다가 전투 불능 상태가 되어 병사들에게 베이는 일이 반복되고 있었다.

아렌트가 씨익 웃었다.

"머리 쓸 줄 아는 놈이라 다행이네요."

"포기할 줄도 아는 거지."

아서가 쯧쯧 혀를 차는 것에 뒤이어 리히트가 대꾸했다.

"빨리 수습하는 게 좋겠다. 저러다 들판 다 태우면 진짜 혼난다."

리히트가 앞으로 빠르게 치고 나갔다.

두 사람 역시 뒤를 따르며 속도를 올렸다.

아무리 그래도 라이오스에게 탈탈 털리고 싶지는 않은 거였다.

앞에 보이는 적들을 손에 걸리는 대로 베어 내며, 그들은 텅 비어 버린 마을 안으로 진입했다.

민간인들이 모두 피신한 뒤 남겨진 자리였다.

인기척이 느껴지지 않는 마을 안에서 방향을 잃어버린 구울 몇 마리가 헤매고 있었다.

싸움이 벌어진 탓에 부서지고 깨져 엉망이 된 집들은, 마치 처음부터 저 걸어 다니는 시체들을 위해 준비된 폐허처럼 보였다.

"……전 사실 저것들을 구울이라고 불러도 괜찮나, 하는 생각이 듭니다."

"마찬가지다. 숨 쉬는 살덩어리라고 부르는 쪽이 훨씬 나을 것 같군."

아서가 질색하며 내뱉은 말에 리히트가 동의했다.

세 사람은 천천히 걸음을 멈췄다.

주변은 사뭇 고요했다.

입을 쩍 벌린 채 비틀비틀 돌아다니는 구울들에게서 시선을 뗀 아서가 아렌트를 향해 물었다.

"처음 습격당한 게 이 마을이랬지?"

"미완성품이 돌아다니는 걸 보니, 여기에서 멀지 않은 것 같긴 한데요."

아렌트가 맞장구치며 주위를 둘러보았다.

방향도 채 잡지 못하고 멍하니 배회하는 놈들은 말하자면 '미완성품'이었다.

위겐스와 그 동료들을 괴롭히고 무시무시한 전투력을 발휘하는 놈들과는 사뭇 달랐다.

어딘가 고장이라도 난 것처럼 구는 저놈들은 최근 연이은 습격 사건 현장 중 몇 군데에서 발견되었다.

그리고 미완성 구울들이 발견된 현장에는 또 다른 공통점 하나가 있었다.

세 사람이 이곳까지 직접 출격한 이유도 바로 그거였다.

좀처럼 싸울 만한 적이 나타날 기색이 보이지 않자, 리히트가 쯧 혀를 찼다.

"잠잠한 걸 보니 오늘 치는 거의 다 쏟아 낸 모양이군."

"아까 저쪽에서 그만큼 썰어 댔잖습니까. 쓸 만한 걸 만들어 내려면 아무래도 좀 시간이 걸리겠죠."

아서가 그렇게 대답하는 사이, 아렌트는 벌써 어슬렁어슬렁 앞서 나가고 있었다.

"떠들 시간 있으면 수색이나 해요."

"너 잘났다, 그래."

"아시니 다행이네."

아서와 아렌트가 입씨름을 벌일 기미가 보이자 리히트가 피곤하게 내뱉었다.

"쓸데없이 싸우지 마라. 골치 아프다."

의미 없는 투덜거림이 한바탕 지나가는 와중이었지만, 주변을 살피는 눈은 잘 벼린 칼날처럼 날카롭기만 했다.

"구…… 어어."

근처를 돌아다니는 인간형 구울의 목에서 긁히는 신음 소리가 흘러나왔다.

그것을 제외하고서 세상은 그저 잠잠하기만 했다.

하지만 이 정적이 거짓이라는 사실쯤이야, 이미 세 사람은 질리도록 깨달은 지 오래였다.

텅 빈 거리를 가장 앞장서서 걷던 리히트가 문득 움직임을 멈췄다.

아서와 아렌트 역시 입을 다물고 따라서 그 자리에 섰다.

리히트의 시선은 마을에서 조금 떨어진 곳에 보이는 작은 신전에 닿아 있었다.

"……저기군."

대신전과는 비교하자면 작은 오두막이라고 불러도 손색없을 크기였다.

아마 신관도 배치되지 않았을 테고, 안에는 그저 신상과 제단 하나만이 놓여 있을 터였다.

그러나 사람들이 많이 드나들었다는 것을 증명하듯, 마

을에서 신전으로 향하는 길은 반질반질하게 닦여 있었다.

소박하고도 경건한 신앙이 느껴지는 건물이었으나, 안타깝게도 불온한 마력은 그곳에서 흘러나오고 있었다.

그것을 확인한 아서가 쯧 혀를 찼다.

"하여튼 악취미적인 놈들이라니까. 이게 지금 몇 번째야?"

"수작질 부리기에 딱 적당한 위치긴 해요."

짧게 대답하며 아렌트는 자연스럽게 품에서 단도를 꺼내 리히트에게 넘겨주었다.

리히트는 손을 풀기라도 하듯 단도를 두어 번 허공을 향해 던졌다 받기를 반복했다.

이윽고 리히트의 손아귀에 안착한 단도에 선명한 검기가 드리웠다.

"대비해라."

대답 대신 아서와 아렌트는 제 검을 고쳐 쥐었다.

두 사람이 전투태세에 돌입한 것을 확인한 리히트는 망설임 없이 단도를 투척했다.

매섭게 쇄도한 단도는 이내 퍽, 신전 근처 허공에 박혔다.

신전을 감싼 결계에 막힌 것이다.

맑은 밤하늘이 마치 큰 충격을 받은 유리창처럼 쩍쩍 갈라지더니, 마침내.

쨍그랑!

맑은 소리를 내며 결계가 산산조각 났다.

빛의 입자가 되어 흩어지는 결계 뒤로, 적들에게 유린당한 신전의 진짜 모습이 눈에 들어왔다.

"……."

작은 신전은 거대한 살덩어리에 완전히 잠식되어 있었다.

붉은 근육을 얼기설기 얽은 것 같은 피부에서 뻗어져 나온 혈관이 신전을 집어삼킬 듯 뒤덮고 있었다.

두근, 두근.

붉은 핏덩어리가 뭉친 뜨거운 살 아래에서 무언가가 박동하는 소리가 들렸다.

저것이었다.

민간인을 덮치는 구울들이 탄생하는 근원지가.

끔찍한 모양새로 꿈틀대는 놈을 본 아서가 신음처럼 중얼거렸다.

"……그렇지, 머릿수가 아무리 많아 봤자 저런 걸 처리하라고는 말 못 하지."

"위겐스란 녀석도 그리 비위가 좋아 보이지는 않았으니까요."

아렌트가 간단히 고개를 끄덕였다.

마치 짓이겨진 고깃덩어리처럼 생긴 괴물은 지클린이 최근 세상에 선보인 신작이었다.

꿀럭꿀럭 움직이는 놈의 표피에서 늑대 모양의 구울이 태어나고 있었다.

뾰족한 주둥이로 모체의 살을 찢고 기어 나오는 늑대 옆에는 거의 반쯤 상체를 빼낸 인간 형태도 보였다.

위겐스는 구울들이 죽지도 못하고 무덤에서 파내어진 애처로운 존재들이라 생각하는 듯했지만, 실상은 그것도 아닌 셈이었다.

저 덩어리 자체에는 딱히 지능이랄 것도, 공격성도 없었다.

하지만 저 끔직한 덩어리에서 구울들이 태어난다는 점 하나만으로도 진이 그토록 자랑하던 '기적의 병사'라고 불릴 만했다.

리히트가 덤덤히 말했다.

"슈타들러 백작님이 저놈 표피 조직도 좀 가져다 달라고 하셨다."

"비위도 좋으시지."

질린 얼굴로 대꾸하면서도, 아렌트는 태연하게 놈을 향해 다가갔다.

아서가 짧게 경고했다.

"조심해라."

"알고 있어요. 하여튼 잔소리는."

가까이 갈수록 악취가 심해졌다.

완전히 잡아먹힌 작은 신전은 놈의 독기에 꽤 산화되어 툭 치기만 해도 부서질 것 같았다.

아렌트는 서리 어린 손길을 발동했다.

이제는 퍽 익숙해진 냉기가 온몸을 훑었다.

그가 발을 내딛는 자리마다 새하얀 살얼음이 내려앉았다.

다른 구울들과 마찬가지로, 저놈은 얼리거나 태우지 않는 이상 끊임없이 재생했다.

게다가 어설프게 상처를 내면 그 틈에서 구울이 쏟아져 나오는지라 신중하게 움직여야 했다.

즉, 저놈을 손상 없이 처리할 수 있는 사람은 서리 어린 손길을 가진 아렌트뿐이라는 뜻이었다.

꾸물거리는 괴물과 딱 몇 걸음 떨어진 곳에서 멈춰 선 아렌트가 자연스럽게 손을 뻗었다.

그대로 놈을 얼려 버리려던 그때.

"……?"

평소와는 달리 이변이 느껴졌다.

아렌트의 손이 닿기 몇 초 전, 새빨간 근육 덩어리가 꿈틀 움직인 탓이었다.

그가 반사적으로 움직임을 멈췄다.

그 순간, 갑자기 놈의 피부가 쩍 갈라지더니 커다란 눈알이 드러났다.

미처 머리로 인지하기도 전, 몸이 먼저 움직였다.

아렌트가 반사적으로 뒤로 훌쩍 거리를 벌리자마자 눈

알 옆으로 굵은 팔이 불쑥 솟아났다.

 육중한 공격이 아렌트가 방금까지 서 있던 자리를 내려쳤다.

 콰아앙!

 피부조차 제대로 덮히지 않은 두꺼운 팔이 짙은 먼지를 뿜으며 딱딱한 지면을 파고들었다.

 아렌트는 그제야 갑자기 놈이 휘두른 공격의 실체를 육안으로 확인할 수 있었다.

 순식간에 자라난 팔은 꼭 인간의 것처럼 관절도 있고, 손에는 다섯 개의 손가락이 달려 있었다.

 천천히 팔이 거두어지며 피부 조직에 달라붙었던 돌조각이 후두둑 떨어졌다.

 소름 끼치는 광경에 아렌트가 질린 목소리로 중얼거렸다.

 "이야……."

 3초만 늦었어도 가루가 될 뻔한 상황이었다.

 하지만 감탄할 틈은 길지 않았다.

 순식간에 또 다른 팔이 하나 더 치솟아 공격을 가해 온 것이다.

 "……!"

 아렌트가 몸을 뒤로 빼자마자 어느샌가 달려온 리히트가 교대하듯 끼어들었다.

 서걱!

목표물을 잃은 거대한 팔이 리히트의 검기에 크게 베였다.

다른 한쪽 팔이 리히트를 향해 날아들었지만, 아서에게 저지당했다.

강하게 공격을 쳐 낸 아서는 순간 팔이 방향을 잃은 틈을 놓치지 않고 크게 베어 냈다.

크게 손상당한 팔 두 개는 마치 뱀이 기어들어 가는 것처럼 순식간에 본체와 합쳐졌다.

거대한 눈이 데굴, 소리 없이 굴러 기사들을 빤히 응시했다.

아서가 욕설을 짓씹었다.

"미치겠네. 또 변이야?"

"다른 쪽에 나간 녀석들한테도 말해 둬야겠군."

뒤로 물러서서 두 사람과 합류한 리히트 역시 그렇게 말했다.

놈은 커다란 눈을 데룩데룩 굴리며 적을 찾는 듯 보였다.

당장이라도 적이 접근하면 곧장 대응할 기세였다.

"저 눈깔, 어디서 본 것 같지 않아요?"

아렌트가 문득 툭 내뱉은 말에 아서가 슬쩍 인상을 찌푸렸다.

"지클린 놈이 데리고 있던 호문쿨루스랑 비슷한 것 같은데."

"그 비슷한 실험체쯤 되려…….."
무심코 중얼거린 리히트는 문득 입을 다물었다.
아서 역시 멈칫했다.
두 사람의 추측이 틀리지 않았다는 것을 증명하듯, 아렌트가 아무렇지도 않게 말했다.
"그 빌어 처먹을 애송이가 드디어 정령석 비슷한 걸 만드는 데 성공한 걸지도 모르죠."
"……그거 진짜 희소식이네."
잠깐 뜸을 들이던 아서가 투덜거렸다.
저게 뭐든 일단은 죽여 보면 알게 될 일이었다.
세 사람은 자연스럽게 전투태세를 갖췄다.
그리고는 신호도 주고받지 않은 채, 자연스럽게 땅을 박차고 놈에게 달려들었다.
루체 신의 신전을 뿌리 삼아 기생한 놈은 빠르게 근접해 오는 적들을 감지하고 곧장 그에 대응했다.
사람의 것과 닮은 거대한 팔 몇 개가 동시에 뻗어 나와 기사들을 덮쳤다.
방금까지 견습 기사가 있던 자리에 거대한 주먹이 꽂혀 들었다.
콰아앙!
재차 땅이 커다랗게 울렸다.
가뿐히 도약한 아렌트는 팔 위에 착지했다.

그의 발이 닿는 순간, 두껍고 거대한 팔 위에 새하얀 서리가 내려앉았다.

아렌트는 그대로 놈의 신체를 발판 삼아 신전에 뿌리내린 본체를 향해 빠르게 접근했다.

가장 가까이 다가온 아렌트에게 커다란 눈알의 시선이 고정되었다.

그에게 공격이 집중되는 건 당연한 수순이었다.

그러나 아렌트가 시선을 끄는 사이 가까이 접근한 리히트와 아서가 아렌트를 향해 날아드는 팔을 단번에 쳐 냈다.

"아서, 왼쪽이다!"

"알고 있습니다!"

서걱!

리히트의 지시에 아서가 몸을 비틀어 좌측에서 뻗어 오는 팔을 통째로 베어 냈다.

쿵.

육중한 소리를 내며 바닥에 떨어진 팔은 아까와 마찬가지로 본체에 빠르게 흡수되었다.

모체의 옆구리에 자라나던 다른 구울 두 마리가 발버둥 치며 울부짖기 시작했다.

전투 상황에 반응해 성장 속도가 빨라진 것이다.

"케에에엑! 크르륵!"

특히 늑대 형태의 구울은 금방이라도 살갗을 찢고 뛰쳐나올 기세였다.

하지만 놈들이 세상 빛을 보기 직전, 리히트의 검기가 날아들었다.

미처 완성되지 못한 구울들은 비명도 지르지 못한 채 산산조각 나 버렸다.

하지만 놈들은 아까 떨어진 팔과 마찬가지로 다시 뭉쳐져 본체로 돌아갔다.

그 광경을 본 리히트의 눈썹이 꿈틀거렸다.

"징그러운 놈들."

한 번 베였다가 다시 본체로 돌아간 것들은 다른 부위들보다 빠른 속도로 구울의 형태로 변형되고 있었다.

조금만 더 지체했다가는 다시 구울들이 쏟아지게 될 판이었다.

"서둘러라!"

다시금 날아드는 공격을 막아 내며 리히트가 고함쳤다.

답은 돌아오지 않았다.

어느새 아렌트는 본체를 짓밟고서 신전의 지붕까지 다다라 있었다.

가벼운 몸놀림으로 지붕에 착지한 아렌트가 강하게 마력을 끌어올렸다.

"……!"

그것을 감지한 리히트와 아서가 급하게 거리를 벌렸다.
 거의 동시에 아렌트의 검이 꿈틀대는 붉은 덩어리의 살갗을 찢었다.
 콰드득.
 살벌한 소리와 함께 검에 장식된 마정석이 빠르게 빛을 잃었다.
 그 대신 검이 깊이 박힌 자리에서부터, 구울들의 모체가 천천히 새하얀 얼음에 잠식되기 시작했다.
 "크어어어억!"
 "카아아악! 카아아악!"
 마치 본체의 고통을 대신 분출하는 것처럼, 막 자라나던 구울의 입에서 비명이 터져 나왔다.
 그러나 마정석의 힘까지 더해진 서리 어린 손길은 무자비했다.
 신전 꼭대기에서부터 시작된 냉기는 순식간에 번져, 이내 악을 쓰던 구울들까지 삼켜 버렸다.
 아서와 리히트에게까지 한겨울이 찾아온 것 같은 한기가 닿을 무렵, 핏덩어리처럼 붉던 표피는 더 이상 찾아볼 수 없었다.
 신전을 껴안은 채 새하얗게 얼어붙은 놈은 마치 거대한 설산처럼 보였다.
 끔찍한 창조물에게 조용한 죽음을 선사해 준 아렌트는

미끄러지듯 지면에 내려섰다.

"……후."

가볍게 착지한 그의 입가에서 하얀 입김이 피어올랐다.

잠깐 숨을 고르고 몸을 바로 세운 아렌트에게 두 선배가 다가갔다.

"괜찮냐?"

"안 괜찮아요. 쯧, 진짜 마력 엄청 잡아먹네."

아서의 퉁명스러운 물음에 아렌트가 제 검을 슥 들어 보였다.

분명 며칠 전에 갈아 끼운 마정석이 완전히 빛을 잃은 뒤였다.

고급 마정석의 마력을 한꺼번에 끌어내고서야 제압할 수 있었다니, 꽤 아찔했다.

만약 이곳에 도달한 게 아렌트가 아니었다면 꽤나 곤란했을 것이다.

"수고했다."

짧게 칭찬한 리히트는 완전히 얼어붙은 적을 새삼스럽게 올려다보았다.

달빛을 머금어 그런지 얼음에 뒤덮인 표면이 탁하게 반짝이고 있었다.

"기적의 병사라……."

인정하고 싶지는 않지만, 정말 탁월한 작명이었다.

분명 처음 발견한 구울들은 그저 뜨거운 피와 살을 향한 욕망만이 남아 있는 상태였다.

하지만 이 '기적의 병사' 개체가 만들어 낸 구울들은 두려움을 느끼고, 미약하게나마 본능도 남아 있었다.

마침 같은 생각을 하고 있었던지, 아서 역시 앓는 소리를 냈다.

"과연 말도 안 되는 천재는 맞나 봅니다."

표정이 어두워진 그들을 힐끗 곁눈질한 아렌트가 무표정하게 말했다.

"빨리 뒷수습이나 해요. 남은 개체들 있으면 돌아가서 정리해야 하니까. 진짜 들판 다 태워 먹으면 어떻게 해요?"

"불 지른 네가 할 소리는 아니거든?"

단박에 아서에게서 신경질적인 대꾸가 돌아왔다.

아렌트는 어깨를 으쓱해 보였다.

"동조한 게 누군데. 어쨌든 빨랑 움직여요. 핵도 회수해야죠."

"다 좋은데, 왜 명령질이야?"

"전 방금 체력 다 썼거든요."

지친 기색이라고는 하나도 없는 얼굴로 아렌트가 뻔뻔하게 대꾸했다.

아서와 리히트의 표정이 떨떠름해졌다.

아티팩트를 운용하는 게 얼마나 큰 마력과 체력을 소모

하는지는 잘 알고 있었다.

하지만 저렇게 아무렇지도 않게 말하면 아무래도 속는 기분이 들 수밖에 없었다.

그렇다고 해서 표정 관리에 능한 저놈이 진짜 지쳤는지, 아니면 멀쩡한데 거짓말을 하는지 파악할 길이 있는 것도 아니었다.

결국 아서는 검을 고쳐 줄 수밖에 없었다.

"……치사한 놈 같으니."

아렌트는 귀찮아 죽겠다는 듯, 이미 죽어 버린 놈에게 다가가는 두 사람의 뒷모습을 응시했다.

얼핏 평소와 다름없이 시큰둥한 낯이었지만 눈빛은 다소 가라앉아 있었다.

"진짜 곤란하게 하네."

약간의 한탄을 담은 혼잣말이 작게 흘러나왔다.

이 웃기지도 않은 세상은 점점 '성검의 푸른 기사'와는 다른 양상으로 돌아가고 있었다.

원작에는 없던 이상한 괴물이 나타난 것도, 빈센트가 죽은 뒤 진이 본격적으로 활개 칠 수 있게 된 결과물일 것이다.

'극본을 바꿨으니 흐름이 달라지는 건 당연한 거지.'

궤도가 비틀린 채 이야기는 끊임없이 흘러갔다.

하지만 피폐물에 가깝던 원작의 굴레에서는 완전히 벗

어나지 못했다.

　전날 밤 눈앞에서 죽은 기사가 떠올랐다.

　비극적인 죽음을 맞이하는 이들이 늘면 늘수록, 이 이야기는 희극에서 멀어질 수밖에 없다.

　'그것만큼은 어떻게든 피하고 싶지만……'

　파사삭.

　아서의 검 한 번에 괴물의 몸뚱이가 완전히 가루가 나 버렸다.

　리히트는 아서가 괴물을 처리하기 전 따로 베어 낸 놈의 살점을 챙기고 있었다.

　살얼음 조각을 뒤지던 아서는 곧 놈의 핵을 찾아내고는 씨익 웃으며 아렌트를 향해 치켜들어 보였다.

　"야, 이거 완전 멀쩡해!"

　"……좋댄다."

　그 꼴을 본 아렌트가 그렇게 말하자마자 아서의 눈에 쌍심지가 켜졌다.

　"너 이 자식, 방금 뭐라고 지껄였냐?"

　"둔해 빠진 주제에 귀라도 밝아서 다행이네요."

　거기에 아렌트 역시 밉살맞게 응수해 주었다.

　반쯤 허물어진 작은 신전 위로 어렴풋이 아침 해가 떠오르고 있었다.

3장. 빌어먹도록 한결같은 자식

빌어먹도록 한결같은 자식

 기사들이 전리품을 안고 돌아왔을 무렵, 방책 주변도 얼추 정리가 끝난 상태였다.
 확실히 위겐스는 제법 유능한 자였다.
 기세 좋게 타오르던 불은 모두 진화되어 있었고, 잿더미가 된 주변에는 타고 남은 구울들의 파편이 뒹굴었다.
 예상했던 것보다 꽤 넓은 범위가 타긴 했지만 실질적인 피해는 그리 크지 않다 봐도 될 정도였다.
 그을음이 묻고 머리카락 끝이 살짝 타서 꼬부랑이 된 형편없는 꼴이 되긴 했지만, 부상자는 단 한 명도 없었다.
 "이······."
 검게 탄 구울들을 보며 누군가가 멍청히 운을 뗐다.
 그 작은 움직임은 곧 모두에게 번져 커다란 함성이 되

었다.

"이겼다아아!"

"우리가 놈들을 물리쳤습니다!"

"우와아아! 이 영광을 루체 님께……."

부하들과 함께 들떠 함성을 내지르던 위겐스는 툭, 제 옆구리를 치는 손에 무심코 고개를 돌렸다.

그러고는 자신을 멀뚱히 올려다보는 시큰둥한 한 쌍의 금안과 눈을 마주치고 말았다.

"히이이익!"

그가 질겁하며 후다닥 뒤로 물러서자 삐딱하게 선 아렌트가 고깝게 물었다.

"왜 귀신이라도 본 것 같은 반응이지?"

"아, 아닙니다, 에크하르트 경! 무사 귀환하셔서 다행……."

"아렌트 경. 에크하르트 백작이랑 절연한 지 오래야."

"실례했습니다, 아렌트 경!"

군기가 바짝 든 위겐스가 허리를 꼿꼿이 세우며 외쳤다.

그 꼴을 본 아서가 리히트에게 속삭였다.

"저 녀석, 지금 좀 재밌어하는 것 같지 않습니까?"

"그걸 말이라고."

리히트가 조용히 맞장구쳤다.

늘 무슨 생각을 하는지 알 수 없는 놈이었지만 이제 어느 정도 행동 패턴은 읽을 수 있었다.

살살 놀리는 대로 반응이 돌아오는 위젠스는 아렌트가 꽤 마음에 들어 하는 인간상이었다.

갑옷까지 걸친 큰 덩치가 무색하게도 시골 영지의 기사단장은 고양이 앞에 놓인 쥐 꼴로 굽실대고 있었다.

본인들도 평소에는 그와 비슷한 처지라는 건 미처 자각하지 못한 채, 두 사람은 벌벌 떠는 위젠스를 딱하게 보았다.

잠깐의 고민 끝에 아서가 결론을 내렸다.

"……내버려두죠."

"그게 좋겠군."

리히트도 동의했다.

위젠스에게는 다소 미안했지만, 괜히 불똥이 튀는 건 결단코 사양이었다.

모두가 지친 탓에 불에 탄 자리의 뒤처리는 일단 미뤄 두기로 했다.

검댕이 덕지덕지 붙은 병사들과 기사들은 일단 성으로 복귀했다.

밤새 눈조차 붙이지 못하고 노심초사하던 백작은 어디 하나 상한 곳도 없이 돌아온 아렌트 일행과 자신의 기사들을 두 눈으로 확인하고 나서야 안도의 한숨을 크게 내쉬었다.

"다행입니다, 정말로 다행입니다. 여러분의 노고에 감

사드립니다. 이런 보잘것없는 땅까지 와 주셔서……."

"구울들은 모두 정리했습니다. 이제 걱정하지 않으셔도 됩니다."

리히트의 대답에 백작은 가슴을 쓸어내렸다.

"이제야 잠을 좀 잘 수 있겠군요. 루체 님의 이름으로 감사드립니다. 피로하실 텐데 충분히 푹 쉬다가 가시지요. 이제 또 다른 곳으로 가십니까?"

"아니요, 얼추 정리가 된 듯해서 황궁으로 복귀합니다."

백작이 말에 리히트가 간단히 고개를 내저었다.

"호의에는 감사드립니다만, 반나절만 쉬었다가 떠나겠습니다. 갈 길이 멀어서요."

"예에…… 그리 알고 준비하겠습니다."

융숭히 대접할 의욕에 가득 차 있던 백작이 노골적으로 아쉬워했다.

그런 두 사람의 대화를 가만히 지켜보던 아렌트가 문득 입을 열었다.

"아 참, 백작님. 피해 청구는 칼리온 제국 황실에 하시면 됩니다."

"예?"

뜬금없는 말에 백작이 의아한 소리를 냈다.

"밭이랑 곡식 창고가 타 버려서요. 그리고 길 닦아 두신 것도 타 버려서 새로 공사하셔야 할 것 같습니다. 아, 그쪽 마을 신전도 무너졌지. 그건 대신전에 요청하시면 새로 지어 주실걸요."

아렌트의 천연덕스러운 목소리가 차차 이어질수록 백작의 얼굴이 백지장처럼 질려 갔다.

"밭, 밭이요? 밭은 어째서……? 거기는 전장이랑 가깝지는 않았을 텐데……? 아니, 잠깐. 곡식 창고요? 창고가 탔단 말입니까?"

"뭐어, 사알짝 정도가 지나쳤다고 해야 하나. 살다 보면 그런 일도 있는 거 아니겠어요. 일단 당장 급한 건 이걸로 해결하세요."

주머니에서 미리 준비한 주머니를 턱 꺼내 놓은 아렌트가 담백하게 덧붙였다.

"제 사비인데, 이 정도면 상단에서 당장 필요한 곡식 정도는 구하실 수 있을 겁니다. 모자란 돈은 아까 말씀드렸다시피 황실에 청구하시고요."

"하지만 이, 이걸 받아도 괜찮은 겁니까? 아렌트 경의 사비라니요. 그래도 우리 영지의 문제를 해결해 주시는 과정에서 발생한 피해가 아닙니까."

백작이 돈주머니를 받지도 못하고 어쩔 줄을 몰라 하자, 아렌트가 무심히 내뱉었다.

"괜찮습니다. 복귀하면 황태자 전하께 두 배로 뜯어낼 계획이니까요."

"……."
순박한 영주의 얼굴에서 혼이 빠져나갔다.
그 모습을 지켜보며 리히트가 고개를 절레절레 내저었다.
"……잠시만 쉬다가 최대한 빨리 떠나겠습니다."
아무래도 백작에게는 아렌트의 존재 자체가 지나치게 자극적인 듯하니, 얼른 아렌트를 데리고 이곳을 벗어나 주는 것이 그의 심신에 도움이 될 것 같았다.

* * *

아렌트는 그 말을 진짜로 실행했다.
복귀하자마자 황태자에게 가 돈을 왕창 뜯어낸 것이다.
마침 란슬롯 공작도 함께 있는 자리였지만, 아렌트는 공작이 지켜보든 말든 전혀 아랑곳하지 않았다.
"뿌듯한 얼굴이군, 아렌트 경."
"그럼요, 공작님. 세상에서 제일 쓸모 있는 게 바로 돈이잖아요."
쟁취해 낸 전표를 품에 갈무리하며 아렌트가 답했다.
순식간에 용돈을 털린 칸타레스가 관자놀이를 꾹꾹 누르며 물었다.
"아서 경과 리히트 경은? 같이 움직이던 거 아니었어?"
"네. 근데 차마 이 꼴은 못 보겠다면서, 혼자 보고하고 오라던데요. 황태자 전하라면 이해해 주실 거라고."

"이 자식들을 진짜……."

아렌트가 칸타레스에게서 돈을 뜯는 모습을 지켜보기에는 속이 아플 것 같고, 그렇다고 말릴 수도 없을 테니 차라리 도망치는 쪽을 선택한 거였다.

란슬롯 공작이 껄껄 웃음을 터뜨렸다.

"사이가 좋아 보이니 다행입니다."

"진심으로 그리 생각하십니까?"

골치 아파 죽겠다는 얼굴로 칸타레스가 란슬롯 공작을 흘겨보았다.

아렌트는 그런 황태자를 위해서 희소식을 하나 전해 주었다.

"그리 억울해하실 필요는 없어요. 아까 라이오스 단장님도 복귀하신다는 소식을 들었거든요."

"뭐? 라이오스 단장도 일주일 전에 파견 보냈는데?"

"네, 아무래도 일이 빨리 끝나신 것 같더라고요."

아렌트가 어깨를 으쓱했다.

"밖에 나가 계신 동안에도 보고는 계속 받으셨을 테니, 지금쯤 선배들은 단장님한테 털리고 있을걸요."

"……야, 잠깐만. 그 말은 곧, 넌 라이오스 단장이 돌아올 걸 알고 이쪽으로 도망쳤다는 거 아냐?"

"정답. 단장님 잔소리는 진짜 끝도 없이 길어서요."

"……."

칸타레스는 이번에야말로 할 말을 잃어버리고 말았다.

란슬롯 공작 역시 설마 거기까지는 예상치 못했는지 어색하게 웃으며 차를 홀짝일 뿐이었다.

"아, 물론 선배들한테는 단장님이 돌아오신단 소린 안 했어요."

서로를 버리는 기사들의 우애가 눈물겹도록 가상했다.

아서와 리히트는 지금쯤 영지를 순회하며 저지른 온갖 사건 사고와, 아렌트를 단독으로 황태자에게 보내 버린 일까지 더해서 불벼락을 맞고 있을 게 분명했다.

두 사람 나름대로 잔머리를 굴린 거겠지만, 결과는 아렌트의 완벽한 승리였다.

"……진짜 골치 아픈 놈들."

관자놀이를 꾹꾹 누르던 칸타레스는 그냥 화제를 돌려 버렸다.

"됐다, 보고나 해 봐. 뭐가 또 발견됐다면서?"

"네, 일단 보여 드리려고 가져왔어요. 공작님도 같이 들으시겠습니까?"

란슬롯 공작 대신 칸타레스가 괜찮다는 의미로 손을 휘휘 저었다.

"너도 잠깐 앉아. 이야기가 길어질 것 같으니."

"넵."

사양하는 법 없이 아렌트는 공작의 옆자리에 자리를 잡고 앉았다.

상황을 지켜보던 제레온이 다가와 차 한 잔을 더 내주었다.

"별 탈 없이 복귀하셔서 다행입니다, 아렌트 경."

"보좌관님도 여전히 좋아 보이시네요."

건성으로 돌려준 인사에 제레온이 생긋 미소 지어 주었다.

"차 마시면서 보여 드릴 게 아니긴 한데."

아렌트는 가지고 온 상자 두 개를 테이블 위에 올려 두었다.

그러고는 품에서 기록 저장석도 꺼내 상자 옆에 내려놓았다.

란슬롯 공작이 호기심을 드러냈다.

"이게 뭔가?"

"마지막으로 들린 영지에서 가져온 겁니다. 구울 모체 일부랑 그 핵이에요."

아렌트는 큰 상자를 열어 안을 보여 주었다.

뚜껑이 벌어지자마자 은근한 냉기가 끼치더니 곧 꽁꽁 얼어붙은 살덩이가 모습을 드러냈다.

"……."

흉칙한 모습에 공작과 칸타레스가 멈칫했다.

아렌트는 그 옆의 작은 상자도 열어 보여 주었다.

핏빛을 머금은 보석이 살벌한 마력을 품고 형형히 빛나고 있었다.

"슈타들러 백작님이 최대한 온전한 상태로 가져와 달라고 부탁하셔서 이대로 가져왔습니다만…… 아직 안 죽은 것 같아요."

"안 죽었다고?"

칸타레스가 귀를 의심하며 묻는 말에 아렌트가 간단히 대답했다.

"네, 이 보석을 살덩어리에 박아 넣으면 되살아날 거예요."

오는 길에 한번 시험도 해 봤다.

반쯤 해동된 모체의 일부에 보석을 가까이 가져가니, 모체가 꿈틀거리며 반응한 것이다.

결국 그들은 이것을 안전하게 운반하기 위해 주기적으로 서리 어린 손길을 발동하고, 보석을 따로 넣을 항마 상자까지 구해야 했다.

"놈을 처리하기 전 모습을 담은 건데, 지금 보실래요?"

잠깐 갈등하던 황태자가 이내 단념했다.

"……두고 가면 이따가 볼게. 라이오스 단장에게 보여 줄 건 하나 더 있지?"

"네, 선배들이랑 각자 하나씩 들고 있었으니까요. 전하께서도 생각보다 간담이 작으시네요."

"닥쳐. 늘 말하지만 네 신경 줄이 이상하게 굵은 거라고."
"다과를 앞에 두고서 구경할 만한 건 아닌 듯하네."
거기에 란슬롯 공작 역시 슬그머니 동조하자 아렌트가 어깨를 으쓱였다.
"공작님이 그렇게 말씀하신다면야."
"너 이 새끼, 내 말은 귓등으로도 안 듣지?"
"어쨌든 이거 말인데요. 대충 지금껏 기적의 병사라고 부르곤 있었지만, 굳이 따지자면 이 녀석이 진짜에 가깝겠죠."
칸타레스의 욕을 자연스럽게 무시해 버린 아렌트가 설명을 이어 갔다.
진은 정령석으로 만든 호문쿨루스를 기적의 병사라 칭했다.
그에 따라 기사들 역시 최근 나타나기 시작한 구울의 상위 개체들을 그렇게 부르기 시작했다.
지금껏 온갖 종류가 나타났다.
아렌트가 처치했던 놈처럼 구울을 쏟아 내는 정체불명의 덩어리도 있었고, 3층 건물과 비슷한 크기의 거인도 있었으며 드래곤의 모습을 본뜬 온갖 생물의 혼합체도 있었다.
"지금껏 나타난 건 호문쿨루스보다 산 채로 구울이 된 인간이나 키메라들 쪽에 더 가까워요. 하지만 이놈은 달랐어요. 분석을 해 보면 알겠지만, 아마 이건 정령석을 본떠 만든 걸 겁니다."

아렌트는 핏빛을 내는 보석을 눈짓했다.

"엘프 2왕국의 배신자, 첼탄은 정령석을 인공적으로 만들려 했어요. 진이 그 유지를 이어받았고, 결국 성공했죠. 그렇다는 건 앞으로도 진이 호문쿨루스 비슷한 걸 만들어 낼 수 있다는 뜻이에요."

어느새 칸타레스와 란슬롯 공작의 눈이 차게 가라앉아 있었다.

"이걸 일부러 내보인 건…… 이놈의 기능을 시험해 볼 겸, 우리한테 알려 주고 싶었던 거겠죠. 하지만."

견습 기사가 짧게 뜸을 들였다.

거의 감정을 드러내는 법 없는 황금색 눈동자에 얼핏 음울한 그림자가 드리운 것 같기도 했다.

덩달아 지켜보는 이들 역시 긴장할 수밖에 없었다.

아렌트가 분위기를 가라앉힌다는 건 심상치 않은 일이라는 뜻이니까.

잠시 후.

아렌트가 툭 내뱉었다.

"허접했죠?"

"푸흡! 콜록, 콜록, 콜록!"

타는 목을 축이려던 란슬롯 공작은 마시던 차를 그대로

뿜어 버렸다.

고매하신 공작께서 차를 줄줄 흘려 대는데도 수습해 주는 사람은 아무도 없었다.

칸타레스는 입을 쩍 벌린 채 믿기지 않는다는 눈으로 아렌트를 보았고, 심지어는 제레온마저 눈을 휘둥그레 뜨고 있었다.

하지만 말을 꺼낸 장본인만은 느긋했다.

아렌트는 다리를 꼬고서 딱 좋게 식은 차를 한 모금 홀짝였다.

흠잡을 곳 하나 없이 단정하고 도도한 몸짓이 짜증 날 정도로 그와 잘 어울렸다.

"손수건이라도 빌려드려요?"

"콜록, 콜록!"

"아, 이럴 때가 아니지. 공작님, 괜찮으십니까?"

퍼뜩 정신을 차린 제레온이 후다닥 달려갔다.

제레온이 허둥지둥 공작의 옷을 닦아 주는 사이 칸타레스가 버럭 역정을 냈다.

"너는 그 말 하려고 그렇게 분위기를 잡았어? 어?"

"왜요? 보좌관님까지 미간 찌푸리고 있길래 좀 맞춰 봤을 뿐인데요."

아렌트가 그들을 향해 짐짓 어리둥절한 표정을 지어 보였다.

두 사람이 왜 그런 반응을 보이는지 전혀 이해가 안 된다는 태도였다.

하지만 분명 고의로 그랬다는 것에, 칸타레스는 자신의 황태자 자리를 걸 수 있었다.

"너 이 새끼……."

"제가 몇 번이나 말하지 않았나요? 진지해지면 지는 겁니다."

얄밉게 덧붙이며, 아렌트는 우아한 몸짓으로 찻잔을 내려놓았다.

간신히 기침을 멈춘 란슬롯 공작이 그를 황당하게 보았다.

"허, 허접하다니. 그게 무슨 말인가, 아렌트 경. 방금까지는 분명……."

"허접할 뿐이에요? 치졸하고 부실하죠. 게다가 유치하고. 갈고닦아 준비했는데 고작 우리 셋한테 처리당한 것만으로도 말 다 한 거지."

아렌트는 테이블 한가운데에 놓인 과자를 집더니 쏙 입에 넣었다.

"놈들이 이렇게 사방팔방 괴물들을 뿌려 놓는 이유가 뭐겠어요?"

"이유?"

황태자가 눈썹을 치켜올렸다.

아렌트는 여유로운 몸짓으로 손을 휘휘 내저었다.

"새로 만든 놈들을 시험하려고 하는 거? 우리 똥개 훈련 시키려고? 뭐, 둘 다 틀린 건 아니겠죠. 덕분에 우린 몇 주를 헤매고 다녔는데."

간신히 사태를 수습한 란슬롯 공작이 고개를 들었다.

"콜록, 도, 도대체 무슨 말이 하고 싶은 건가?"

"간단해요. 이 자식들이 아주 큰 실수를 하고 있다는 거죠."

축축해진 수염을 손수건으로 문질러 닦으며 공작이 의아하게 물었다.

"아렌트 경, 방금 실수라 했나?"

"네, 교단이 세력을 이루려면 뭐가 필요할까요?"

되돌아온 물음에 공작은 살짝 눈썹을 휘었다.

"글쎄, 그리 갑자기 묻는다면 퍼뜩 생각이 안 나는데."

"간단히 생각하세요. 기도하는 사람이 없으면 교단은 성립하지 않잖습니까."

"그건…… 맞는 말이지만."

칸타레스가 애매하게 고개를 끄덕였다.

여전히 화제를 따라가지 못하는 눈치인 두 사람에게, 아렌트가 간단히 답을 내주었다.

"이상한 괴물 놈들을 뿌려 대면서 민간인을 죽이는 신을, 누가 따르고 싶어 하겠어요?"

"아."

그들의 입에서 탄식이 터져 나왔다.

"물론 뒈지기 싫으면 이쪽으로 와라, 이런 식으로 협박하는 것도 가능하긴 해요. 아마 지클린의 목적 중 하나도 그거겠죠. 위에서 그런 멍청한 지시를 한 놈이 있는지, 아니면 지클린이 단독으로 행동한 건지는 확실하지 않지만."

아렌트는 쿠키를 하나 더 집어서 입에 넣었다.

"……어쨌든 지금 상황에서는 좋지 못한 선택이라는 건 확실해요."

"하지만 공포심을 주는 것도 좋은 전략 중 하나일세. 그리고 분명 그 의도는 먹혀들고 있다고 보네."

"조금만 더 일찍 움직였으면 먹혀들었겠죠. 하지만 지금은 아니거든요."

란슬롯 공작의 반박에 아렌트가 어깨를 으쓱했다.

"사태가 이렇게 번지기 이전에, 체르니온의 이름은 악 그 자체로 널리 퍼졌어요. 정확히는 우리가 그렇게 퍼뜨렸죠."

때를 노리다 적당한 시기에 회담을 열었고, 기회가 올 때마다 놓치지 않고 라이오스의 무용담을 떠들어 대기도 했다.

만일 '성검의 푸른 기사' 때처럼 악신의 존재를 파악하지 못하고 미리 대처하지 못했더라면 지클린의 수법도 제법 유효했을지도 모른다.

"우리한테는 상징적인 영웅도 있고, 오랫동안 정의의 수호자 노릇을 한 루체 신도 굳건해요. 그런 상황에서 나쁜 짓을 일삼아 봤자 개자식밖에 더 되나요."

"자네가 말하는 영웅은 라이오스 단장인가?"

란슬롯 공작의 물음에 아렌트가 간단히 고개를 끄덕였다.

"네. 고지식한 이상주의자에, 다소 호구 같고 쓸데없이 올곧지만 칼싸움 하나는 제국에서 제일 잘하는 그 사람이요."

란슬롯 공작과 칸타레스의 얼굴이 대번에 떨떠름해졌다.

천하의 라이오스 드 윈프리드를 저렇게 말할 수 있는 사람은 아마 세상에 아렌트 단 하나뿐일 것이다.

"어차피 나쁜 놈은 영웅에게 짓밟히게 되어 있어요."

견습 기사가 비웃음 섞인 목소리로 덧붙였다.

"지금 세상 사람들이 바라는 이야기는 권선징악이지, 악과 선의 권력 교체가 아니거든요."

실제로 이곳저곳 돌아다니며 살핀 결과, 기이한 괴물들과의 전장에 내몰리며 정신적으로 흔들리게 된 이들은 모두 루체 신부터 찾았다.

놈들이 날뛸수록 아이러니하게도 루체 신에 대한 신앙이 점점 돈독해지고 있는 거였다.

'그 드래곤이 한 말도 일리가 있어.'

극한 상황에 몰린 이들은 구세주를 찾게 되고, 그러다 보면 없던 신앙도 생기기 마련이었다.

렉시온은 이런 상황을 예견하고서 아렌트에게 그런 조건을 건 거였다.

끝까지 루체에게 의지하지 않으면 그때야말로 한편이 되어 주겠다고.

"그런 의미에서, 힘자랑할 상대를 단단히 잘못 찾았다는 겁니다. 이런 식으로 폭력을 휘둘러 봤자 사람들은 위협을 느끼고 루체 신전으로 달려갈 뿐이에요."

"그것도 틀린 말은 아니지만……."

칸타레스가 뭐라 대꾸하려던 그때, 아렌트가 검지를 세워 입술에 가져갔다.

조용히 하라는 뜻이었다.

칸타레스가 급히 뗐던 입술을 다시 닫았.

더 첨언하려던 란슬롯 공작 역시 멈칫했다.

"본인은 속 좀 쓰리겠죠. 야심 차게 준비했던 것들은 죄다 토벌당했고. 그래도 황실 기사단 한두 명쯤은 죽어 주길 원했을 텐데, 아쉽게 됐어요."

황태자의 집무실 안에 진득한 정적이 흘렀다.

슬쩍 미소 지은 아렌트가 툭 내뱉었다.

"안 그러냐, 애송아?"

그의 시선은 새빨간 빛을 머금은 보석에 닿아 있었다.

칸타레스와 란슬롯 공작, 그리고 제레온은 차마 숨소리도 제대로 내지 못했다.

아렌트는 아예 보석이 든 상자를 집어 들고 덧붙였다.

"너네 성녀한테 전해. 시비 걸 거면 직접 하라고. 얼마든지 상대해 줄 테니까."

"……."

탁.

그것을 마지막으로 아렌트는 상자를 다시 덮어 버렸다.

항마 기능을 하는 상자가 닫히자마자 보석에서 느껴지던 흉흉한 마력이 순식간에 잦아들었다.

아렌트는 여전히 멀뚱히 서 있는 제레온에게 상자를 건넸다.

"이건 바로 슈타들러 백작님께 전해 주세요. 어제 황궁으로 들어오셨죠?"

"네, 네?"

멍하니 있던 제레온이 엉겁결에 상자를 건네받았다.

"백작님은 지금 황궁에 계시긴 한데요…… 아렌트 경의 연락을 받고 오셨다고……."

"안 나오시는 거 보니 또 뭔가에 꽂히신 모양이죠? 단장님한테는 나중에 백작님한테 가서 확인하시라고 할게요."

제레온은 멍하니 고개를 끄덕이면서도 황태자를 보았다.

빌어먹도록 한결같은 자식 〈129〉

칸타레스는 그러라는 듯 손을 휘휘 내저어 주었다.

보좌관이 자리를 뜨자마자 칸타레스가 캐물었다.

"뭐야? 뭐였던 건데?"

"아무리 모조품이라고 해도, 정령석을 본떠 만드는 게 쉽지는 않았을 겁니다. 그런 소중한 걸 굳이 기사단에게 노출하는데, 도청 마법쯤이야 당연히 걸어 뒀겠죠. 그 과시욕 덩어리 꼬마라면 더더욱."

굳이 알려 주지 않더라도, 슈타들러 백작은 그 정도 마법이야 쉽게 알아차릴 것이다.

온갖 비밀스러운 대화가 오가는 기사단 생활관에 두기도 불안하니 이대로 곧장 백작에게 떠넘기는 게 훨씬 안전했다.

아렌트는 어깨를 으쓱했다.

"결론은 그거죠. 열 좀 받으라고."

"……."

칸타레스와 란슬롯 공작은 그에게 노골적으로 질렸다는 표정을 짓고 말았다.

굳이 그걸 여기까지 가져와서 황태자의 앞에 들이민 것부터 적의 속을 긁을 기회는 결코 놓치지 않는 대단하신 성질머리까지.

도대체 어디부터 지적해야 할지 알 수 없어 멍하니 있는데, 아렌트가 먼저 운을 뗐다.

"그래도 방금 한 말은 전부 사실이에요. 딱히 과장한 것도 아니고."

"신앙이 더욱 돈독해지고 있다는 것 말인가?"

"네, 실제로 관찰되는 현상이에요. 이걸 놈들이 어떻게 받아들이는지는 모르겠지만."

공작에게 대답해 주며 아렌트는 몇 개 안 남은 과자를 또 집어 먹었다.

그 꼴을 보던 황태자가 어이없이 물었다.

"맛있냐? 맛있어?"

"네, 맛있네요. 이따가 보좌관님 오시면 좀 얻어 갈래요."

빈정대는 의도가 다분했지만, 돌아온 건 늘 그렇듯 천연덕스런 대꾸였다.

결국 한참 고민하던 란슬롯 공작이 간신히 한마디를 꺼냈다.

"상당히 오랜만에 만나는 것 같지만, 자네는 정말…… 늘 한결같군."

"그냥 대놓고 말씀하셔도 됩니다. 빌어먹도록 한결같은 자식이라고."

칸타레스가 관자놀이를 꾹꾹 누르며 덧붙였다.

감옥에 처박혔다가 재판장에 섰던 순간부터 지금까지, 저 녀석은 시종일관 변하는 법이 없었다.

"한결같다고 하니 생각난 것이네만, 정식 기사 서임을

거절했다고 들었네. 이유를 물어도 되나?"

"뭐, 굳이 말해야 하나요?"

공작이 화두를 돌리자 아렌트가 시큰둥하게 대답했다.

"이런 개판인 상황에서 정식 서임을 받아 봤자, 제가 득 볼 건 하나도 없잖습니까."

"어째서?"

"의미도 없고, 보람도 없고, 책임질 것만 늘잖아요. 지금도 바빠 죽겠는데 여기에서 뭘 더 하라고요."

아렌트가 어깨를 으쓱했다.

하지만 란슬롯 공작은 여전히 이해하기 어렵다는 얼굴이었다.

"견습 기사와 정식 기사는 지위부터 다르지 않은가. 자네 나이에 정식 서임을 받는다면 굉장한 영광을 누릴 수 있을 텐데?"

"서임을 받아서 얻는 영광이랑 지위라. 그게 저한테 의미가 있을 거라고 생각하세요?"

한 치의 망설임도 없이 되돌아온 물음에 공작이 입을 꾹 다물었다.

잠시 후, 그가 시인했다.

"……실언했군."

이미 제3기사단은 하극상의 현장과 다를 바 없었다.

저 견습 기사는 지위와는 상관없이, 제 선배들과 드잡

이질을 하며 아주 잘 지내고 있었다.

게다가 좋은 의미로든, 나쁜 의미로든 아렌트의 이름은 이제 모르는 사람이 없었다.

"게다가 녹봉이 조금 오른다고 한들, 몇 푼 안 되는 걸 누구 코에 붙이라고요. 저는 더 유용한 돈주머니가 있거든요."

"너 잘났다, 그래."

칸타레스가 불만스럽게 툴툴거리자 아렌트가 뻔뻔스럽게 대꾸했다.

"저 잘난 건 굳이 말씀 안 하셔도 압니다. 그리고 더 중요한 게 있어요."

"그건 뭔가?"

공작이 묻는 말에 견습 기사가 담백하게 대답했다.

"선배들한테 귀찮은 뒤처리를 떠넘길 수가 없잖아요. 견습이라서 권한이 없다고."

"……."

집무실에 짧은 침묵이 흐른 뒤, 란슬롯 공작이 넌지시 입을 열었다.

"……전하, 아무래도 재고하셔야 할 듯합니다."

지금도 저 성격이 감당 안 되는데, 서임을 받으면 더 괴로워질 사람은 3기사단의 기사들과 라이오스일 것이다.

게다가 저놈이 정식 기사가 된 뒤, 아래에 후배 견습 기사가 들어오기라도 한다면…….

상상만 해도 끔찍했다.

"제가 경솔했습니다."

칸타레스가 순순히 인정했다.

차라리 한결같은 게 낫지.

지금보다 더 나쁜 게 존재한다면 어쨌든 현상을 유지하는 게 최선이었다.

"그나저나 공작님은 왜 여기에 계세요?"

찻잔을 내려놓은 아렌트가 뒤늦게 물었다.

칸타레스가 쯧 혀를 찼다.

"빨리도 물어본다."

"다른 일 때문에 전하를 찾아뵈었지. 그러다 우연히 자네를 마주치게 된 것이네만, 마침 잘되었어."

잘 되었다는 말에 아렌트가 의아하게 눈을 깜박였다.

"잘됐다니요?"

"헨리의 부탁을 받아서 말이네."

"아, 칸 연합 건 때문에요? 하지만 공작님은 거의 관여를 안 하시는 것으로 아는데요."

"그러고 보니, 너한테는 말 안 했던가?"

칸타레스가 설명을 시작했다.

"처음에는 소규모였는데, 점차 연합 덩치가 커지니 사

업 자금 출처 이야기가 나와서 말이지. 그래서 공작님의 이름을 빌렸지."

두 사람에게 자금을 대주는 것은 칸타레스였다.

하지만 칸 연합은 황태자와 연관되어 있다는 사실을 들켜서는 안 되는 위치였다.

그래서 헨리의 부친인 란슬롯 공작이 나선 것이다.

"실제로 내 돈도 조금 보태 주었다네. 최근에 분점도 내면서 규모가 꽤 커져서 말이야. 수익도 나눠 받고 있지. 용돈이 제법 쏠쏠하더군."

란슬롯 공작이 장난스럽게 덧붙였다.

유력 가문의 자제라고 해 봤자, 헨리와 아르크스는 아직 새파란 젊은이일 뿐이었다.

게다가 헨리는 연합을 만들기 이전까지는 황궁에서 공작을 도와 일했을 뿐, 큰돈을 만져 본 경험은 없었다.

'그 녀석은 백작가와 사이가 틀어졌고.'

아렌트의 화려한 절연에 뒤이어 장남인 아르크스까지 에크하르트 백작가에서 뛰쳐나왔다는 건 이미 유명한 사실이었다.

그런 두 사람이 기본 자금도 없이 사업을 쑥쑥 키우다 보니, 본의 아니게 이목이 쏠린 것이다.

하지만 란슬롯 공작이 돈을 대 주었다고 나서면서 쓸데없는 관심이 줄어들었다.

겉보기에는 단순히 차남을 독립시키려 사업 자금을 대준 것으로 보일 뿐이니까.

"그렇게 겸사겸사 연합 일에 어느 정도 개입하게 되어서 말이지. 그 전까지는 헨리가 정확히 뭘 하는지도 제대로 몰랐네만……."

거기까지 말한 란슬롯 공작이 말끝을 살짝 흐렸다가 덧붙였다.

"생각보다 쉬운 일은 아니겠더군. 일손을 보태는 것도 함부로 할 수 없고. 공작가 쪽 사람을 보내 줄까 물어도 봤지만, 헨리가 내켜 하지 않더군. 내 손이 너무 닿는 것도 썩 바람직하지는 못한 일이라고 말일세."

"아무래도 그렇죠. 만에 하나라는 게 있으니까."

아렌트가 건성으로 고개를 끄덕였다.

"분점 낸다는 말은 들었어요. 노이만 상단이 기반을 다져 둔 곳 위주로 간다면서요?"

"그렇지, 아무래도 그래야 노이만 상단 정보상과의 연계가 쉬울 테니까. 그래서 오늘은 황태자 전하와 이 건을 논의해 보려 찾아왔다네. 헨리는 아무래도 시간을 내기가 어려워서 말이야."

"알 만하네요."

지난번에 잠깐 방문했을 때도 두 사람은 일에 치여 다 죽어 가고 있었다.

황실 기사단이 조사한 것들과 슈타들러 백작의 연구소에서 나온 실험 결과, 그리고 노이만 상단의 정보상이 얻은 악신에 관한 자료들은 전부 칸 연합의 지하 금고에 차곡차곡 쌓여 가고 있었다.

'게다가 최근에는 르웰린도 자료를 보내고 있는 듯하고.'

얼마 전부터 르웰린 역시 자신의 탐험가 연합에서 쓸 만한 것들을 하나둘씩 모아 전달하고 있었다.

그걸 분류하고 정리하는 것은 오롯이 두 사람의 몫이었다.

게다가 뜻밖의 장사 수완을 발휘한 헨리 덕분에 차 연합 자체도 제법 순항 중이었다.

이곳저곳에 찻잎 도매까지 시작했다고 했으니, 헨리와 아르크스의 업무량은 치사량에 가까울 것이다.

란슬롯 공작이 문득 화제를 돌렸다.

"그러고 보니 자네는 칸 연합엔 별로 관심을 안 두는 것 같군. 그건 좀 의외인데."

"제가 굳이 참견할 필요 없는 영역이잖아요. 어차피 거긴 황태자 전하의 비밀 곳간 비슷한 곳인데."

"아르크스 공자랑 엮이기 싫어서 그러는 건 아니고?"

옆에서 칸타레스가 밉살맞은 목소리로 끼어들었다.

하지만 아렌트는 표정 하나 변하지 않았다.

"저 그런 사람 모릅니다만?"

"아르크스 군이 들으면 울겠군. 어쨌든, 그렇단 말이지……."

말끝을 미묘하게 흐리던 란슬롯 공작의 표정이 묘해졌다.

일견 웃음을 참는 것 같기도 했고, 말을 꺼낼지 말지 고민하는 것 같기도 했다.

그것을 알아차린 아렌트가 의아하게 물었다.

"왜 그러십니까?"

"아니, 자네도 바쁠 텐데 굳이 고민거리를 늘려 주는 것이 과연 옳은 일인가 싶어서."

알 수 없는 말에 아렌트는 칸타레스 쪽을 보았다.

그와 눈을 마주친 황태자는 턱을 괴며 픽 웃음을 터뜨렸다.

"알아서 하라고 했다면서? 아르크스 공자도 나름대로 힘쓰고 있는 것 같던데."

"도대체 무슨 말…… 아."

눈살을 찌푸리던 아렌트는 곧 무언가를 깨달았다.

하긴, 고작 연합의 사업 때문에 황태자를 귀찮게 할 공작이 아니었다.

그에 준할 사태가 벌어졌다는 거겠지.

연합이 철저하게 차 상인들을 위한 시설로 위장한 지금, 두 청년을 골머리 썩게 할 존재는 딱 하나밖에 없었다.

게다가 아렌트 자신이 직접 알아서 하라고 딱 잘라 말했던 거라면…….

아렌트의 눈썹이 살짝 구겨졌다.

"연합을 개시한 초반에 백작님이 염탐을 보냈다는 건 들었어요. 아직도 그러고 있어요?"

"……여전히 백작과 사이가 나쁜 모양이군."

란슬롯 공작은 아렌트가 에크하르트 백작을 지칭하는 호칭이 신경 쓰이는 눈치였다.

하지만 아렌트는 아무렇지도 않은 얼굴로 대꾸했다.

"여전하고 자시고 할 게 있나요, 남남인데. 여튼, 그래서요?"

"지금도 이따금 사람을 보낸다더군. 이번이 세 번째라고 하던가. 어쩌면 헨리와 아르크스 군이 눈치채지 못하는 새에 몇 번 더 다녀갔을지도 모르지."

"흐음……."

공작의 말에 아렌트가 팔짱을 끼며 고개를 기울였다.

느슨하게 묶인 은발이 그의 움직임을 따라 함께 흘러내렸다.

"목적은요?"

"아직은 모르네. 헨리도 아르크스 군도 그들과는 접촉하지 않으려고 한다니까 말이야."

"딱히 별다른 행동도 보이지 않고, 진짜 손님처럼 차만 마시거나 물건을 산 뒤에 돌아가는 게 다라고 하더군."

뒤이어 칸타레스 역시 첨언했다.

"백작가 쪽은요?"

"그쪽도 조용해. 정작 에크하르트 백작은 아무 일도 없었다는 듯이 본인 업무에만 집중하고 있을 뿐이니."

"흠……."

아렌트는 고민에 빠졌다.

에크하르트 백작가에 뭔가 이변이 생겼더라면 노이만 상단의 정보상이 먼저 알아차렸을 것이다.

하지만 노이만에게서는 아직 아무런 소식이 없었다.

'그러니 딱히 눈에 띄는 변동 사항은 없다고 봐도 좋을 텐데.'

그리고 걸리는 점은 또 하나 더 있었다.

"백작가에서 보낸 사람이라는 건 어떻게 알았대요?"

"아르크스 공자가 알아봤다더군. 찾아왔던 세 명 전부 백작가에서 일하는 사람이었대."

아렌트가 꺼낸 물음에 칸타레스가 대답했다.

"그렇지 않아도 그 이야기를 하고 있었어. 어째서 굳이 알아볼 만할 사람을 보냈는지 잘 모르겠단 말이지."

"그렇죠. 염탐이라면 알아차리지 못하도록 하는 게 보통인데, 굳이 백작가에서 일하는 사람을 보내나?"

그래서 더욱 에크하르트 백작의 목적이 뭔지 짐작할 수가 없었다.

란슬롯 공작이 넌지시 말했다.

"단순히 집 나간 탕아를 압박하려는 걸지도 모르지. 아버지가 지켜보고 있으니 슬슬 돌아오라는 뜻으로. 아렌트 경, 자네 생각은 어떤가?"

"글쎄요, 그럴 인간상으로는 보이지 않는데 말이죠."

마치 남 일을 이야기하는 것처럼 무덤덤한 음성이 돌아왔다.

"본인 마음대로 조종하려다가, 뜻대로 안 되면 외면해 버리는 사람이라고 생각했습니다. 뭐, 가문을 물려받아야 할 후계자가 저러고 있으니…… 좀 초조해진 걸지도 모르겠네요."

"허허, 그리고 사람은 큰 충격을 받으면 심경의 변화가 찾아오는 경우도 종종 있으니 말이네. 두 아들이 연이어 손 밖으로 벗어나 버린 것은 아무래도 큰 타격일 수밖에."

"뭐가 됐든 저는 모르는 일입니다. 저보다는 형님한테 물어보시는 게 빠를걸요?"

아렌트의 무심한 대꾸에, 란슬롯 공작이 쓴웃음을 흘렸다.

"물론 헨리가 아르크스 군과 대화해 봤다고 하네만. 그 역시 짐작 가는 부분은 없다고 말하더군."

딱히 뾰족한 수가 보이지 않는 상황이었다.

칸타레스가 살짝 눈썹을 좁혔다.

"일단 아무 일도 일어나지 않았으니, 뭔가 조치를 하기도 그렇군요. 당장은 지켜보는 수밖에 없겠습니다."

"역시 그렇지요? 헨리와 아르크스 군도 그런 결론을 내렸다고 합니다. 백작이 연합의 정체를 알고 이런 짓을 벌이는 것 같지는 않지만…… 그래도 혹시 모르니 좀 더 행동에 신중을 기하라 전해 두겠습니다."

란슬롯 공작이 진지하게 답했다.

지금으로서는 그게 최선인 듯했다.

찜찜했지만 아버지가 아들을 살핀다는데 이유를 따질 수 있는 것도 아니었다.

괜히 예민하게 굴었다가는 오히려 더 수상하게 보일지도 모를 일이었고.

"……."

대화가 일단락된 후, 집무실에 짧은 침묵이 흘렀다.

길었던 논의가 정리되었으니 이야기가 소강상태에 접어드는 것도 자연스러웠다.

하지만 칸타레스는 어쩐지 약간 껄끄러움을 느꼈다.

공작과의 논의 끝에 지극히 상식적인 결론이 내려졌다.

란슬롯 공작은 그가 아는 이들 중 가장 이성적인 사람이었으니, 그건 이상할 것 하나 없는 일이었다.

그러나 이 자리에는 상식이랑 다소 거리가 먼 놈이 동석 중이었다.

그놈은 소동을 피하기 위한, 지극히 평온하면서도 뭐

하나 시원스레 해결되는 것 없는 결론이 나오는 것을 별로 좋아하지 않았다.

칸타레스는 슬쩍 공작의 옆에 앉은 아렌트의 눈치를 보았다.

"……야."

"왜요?"

"황태자가 부르는데 왜요가 무슨…… 아니다, 됐다. 그런 것보다."

자연스럽게 지적하려던 칸타레스가 한숨을 푹 내쉬었다.

"지금 무슨 생각 하냐?"

"알아서 뭐 하시게요."

"알아서 뭐 하긴, 이 자식아. 지금 너 또 눈알 데굴데굴 굴리고 있잖아. 내가 널 하루 이틀 봐?"

그제야 아렌트가 고개를 들고 황태자를 똑바로 보았다.

상당히 의외라는 표정을 하는 앳된 얼굴을 마주하자 속이 박박 긁히는 느낌이었다.

"전하 주제에 그런 눈치도 있었어요?, 라고 말하는 것 같은 낯짝이군."

"……."

"제법인데, 하는 눈도 치워라. 진짜 황족 능멸죄로 감옥에 처박아 버리는 수가 있어."

칸타레스가 사납게 으르렁거렸다.

황태자와 견습 기사의 유치하기 짝이 없는 말다툼을 지켜보던 란슬롯 공작이 어색한 웃음을 흘렸다.

그러거나 말거나 아렌트가 시큰둥하게 대꾸했다.

"하실 수 있으면 해 보세요. 그리고 별생각 안 했습니다. 단지 예전에 형님께 했던 말을 실천해야 할 때가 온 건지 좀 고민했을 뿐이에요."

"무슨 말을 했는데?"

"대단한 건 아니고요. 머저리 같은 장남이 이 사태를 해결하지 못하면, 절연당했지만 그래도 잘난 차남이 나서는 수밖에 없지 않겠냐고."

자연스럽게 제 형을 머저리라고 칭하는 발언에 란슬롯 공작은 조금 아득해진 것 같았지만, 당연히 아렌트는 아랑곳하지 않았다.

견습 기사가 혼잣말처럼 음산하게 중얼거렸다.

"굳이 일을 크게 만들겠다, 이건가……."

"……그, 아렌트 경."

입을 뻥긋거리던 란슬롯 공작이 급하게 말을 이었다.

"자네도 바쁠 테니 최대한 신경 쓸 일 없도록 하겠네. 헨리도 그리 둔한 아이는 아니니 알아서 잘할 걸세."

"알아서 잘 못 했잖아요?"

차마 반박하기 어려운 답이 돌아왔다.

"어쨌든 알겠습니다. 그쪽에 저도 연락을 한번 해 봐야겠어요."

 란슬롯 공작은 낭패라는 눈으로 황태자를 보았다.

 맞은편의 칸타레스는 이미 단념하고 눈두덩이를 꾹꾹 누르고 있었다.

 공작은 뒤늦게 깨달았다.

 뭔가 알아낼 수 있을지도 모른다는 생각에 이런저런 이야기를 들려준 거였지만…….

 아렌트가 있는 자리에서 에크하르트 백작에 관한 화제를 꺼낸 것 자체가 바람직하지 못한 일이었다는 것을.

 '이거…… 어쩐지 실수한 것 같군.'

 공작은 조만간 불벼락을 맞을 신세가 된 헨리와 아르크스를 향해 속으로 조용히 사과했다.

 "……."

 넋이 나간 진에게 로저가 한 마디 타박을 주었다.

 "……나는 분명 말했다. 적당히 하라고."

 하지만 진에게는 제대로 닿지 않는 것 같았다.

 "허접……? 허접하다고……? 심지어 애송이라고 불렀어? 이 나를?"

 넋이 나간 채 중얼거리는 엘프의 작은 손에는 빛이 꺼진 보석이 쥐여져 있었다.

 원래는 붉은색으로 반짝여야 할 보석은 마력을 잃고 탁한 광택만을 낼 뿐이었다.

황실 기사단의 손에 들어간 다른 한 쌍과 마력 연결이 끊어졌다는 뜻이었다.

 당연히 그 견습 기사 애송이의 짓이었다.

 로저는 목 끝까지 치솟은 한숨을 어떻게든 눌러 담았다.

 '골치 아프군.'

 제 몸집보다도 훨씬 큰 의자에 파묻혀 허공을 바라보는 진을 보고 있자니 머리가 지끈거렸다.

 "어차피 실험이었던 것 아니었나? 미완성작이니 그들에게 토벌당하는 것은 당연한 일이다. 너도 분명 그렇게 말했던 걸로 기억하는데."

 "그것 때문이 아니잖아!"

 진이 홱 고개를 돌리며 고함쳤다.

 갑작스러운 움직임에 긴 금발이 흐트러지며 진의 새하얀 목이 드러났다.

 거기에는 아렌트 폰 에크하르트가 남긴 검상이 선명한 흉터로 남아 있었다.

 회복력이 빠른 엘프의 신체에는 흉터가 잘 남지 않는데도 흉이 졌다는 것은, 그만큼 상흔이 깊었다는 뜻이었다.

 그 견습 기사는 로저를 협박할 때, 진심으로 진을 죽일 기세로 임했던 것이다.

 '새삼…….'

만만한 상대가 아니었다.

기묘한 빛을 품은 황금색 눈동자에 감돌던 섬뜩한 살기가 지금도 그의 뇌리에 강렬히 박혀 있었다.

로저는 한숨을 삼키며 애써 말을 이었다.

"그러면 뭐가 문제지? 핵에 도청 마법을 넣은 것은 괜찮은 발상이었다만, 그것을 아렌트 폰 에크하르트가 알아차린 것도 이상한 일은 아니다. 딱히 우리가 잃을 것은 없으니……."

"로저는 바보야? 방금 이 자식이 내 작품더러 허접하다고 했다니까?"

다시 진이 바락 악을 썼다.

아름다운 초록색 눈동자에는 천진난만한 분노가 가득 서려 있었다.

'이쪽의 애새끼도, 저쪽의 애새끼도 제정신이 아닌 건 매한가지군.'

새삼 그 점을 자각한 로저는 더욱 머리가 아파지려고 했다.

어린애를 도발할 방법은 어린애가 가장 잘 안다는 건지.

그 맹랑한 견습 기사는 상대방의 속을 긁는 방법을 지나치게 잘 알았다.

더욱 유감스러운 점은, 천재적인 재능을 가진 진이 그런 식의 도발에 지나치게 민감하게 반응하는 부류라는 거였다.

이럴 때의 진은 무슨 말을 해도 듣지 않았다.

"감히, 감히 이 애송이가 나한테 허접하다고? 언젠가는 내가 죽여 버리겠어! 죽여 버릴 거라고!"

머리를 쥐어뜯으며 꽥꽥 소리를 질러대는 그녀를 지켜보던 로저는 채 눌러 담지 못한 한숨을 내뱉고 말았다.

"하아……. 진정해라, 진. 이리스 님께 가서 네가 심신의 안정을 취해야 한다고 말씀드리기 전에."

"……."

차분한 한 마디에 진이 갑자기 우뚝, 움직임을 멈췄다.

그리고는 한 움큼 쥐었던 머리를 슬쩍 놓고는 로저를 흘겨보았다.

"……로저, 엄청 치사한 거 알아?"

"어쩔 수 없다. 벌어진 일은 벌어진 일이고, 이제 앞으로를 도모하면 된다. 어쨌든 이번 일은 내가 이리스 님께 보고드리지. 딱히 책망은 하지 않으실 테지만, 다음부터는 그런 장난질은 삼가도록. 추적당하기라도 하면 곤란해."

"진짜 위로라는 걸 못 하는구나. 섬세하지 못해."

진이 입을 댓 발 내밀고 투덜거렸다.

"그리고, 내 마법을 누가 추적할 수 있겠어? 무려 니케 님이 주신 아티팩트로 작업하고 있단 말이야. 중요한 건 하나도 알아내지 못할걸?"

그녀를 착잡하게 보던 로저가 이내 고개를 내저었다.

"그러면 네게 희소식을 하나 전해 주지."

"뭔데?"

"니케포르 님이 깨어나셨다."

"뭐어?!"

그의 말이 떨어지자마자 진이 벌떡 자리에서 튀어 올랐다.

"진짜? 니케 님이? 이제 일어나신 거야?"

"그래, 이리스 님이 말씀해 주셨다."

"그럼 찾아가도 돼?"

언제 방방 날뛰었냐는 듯, 진이 초록색 눈동자를 천진난만하게 반짝였다.

로저는 그녀에게 간단히 고개를 끄덕여 주었다.

"그래, 네 고민도 말씀드리면 해결점을 주실지도 모르지."

"맞아. 니케 님은 멍청한 로저랑은 달리 상냥하단 말이야."

진이 싱글벙글 웃으며 말했지만, 로저는 눈 하나 깜빡하지 않았다.

"그렇다고 너무 성가시게 굴지는 마라."

"니케 님은 나 안 귀찮아하시거든?"

"……알았다."

뭐라 더 말하려던 로저는 그냥 단념하고 고개를 끄덕여 버렸다.

일단 진의 기분이 나아진 것 같으니, 그것 하나만큼은 다행스러운 일이었다.

* * *

아렌트가 생활관에 복귀했을 무렵, 라이오스에게 실컷 혼난 아서와 리히트 역시 간신히 해방된 참이었다.
"오, 설교 끝났어요?"
"너 이 자식……."
천연덕스럽게 아는 척을 해 오는 아렌트에게 아서가 이를 북북 갈며 다가왔다.
"단장님이 복귀하신다는 거 알고 있었지?"
"그러게 누가 심보를 고약하게 쓰래요? 자업자득이지."
"적어도 너한테만큼은 그런 말 안 듣고 싶거든?"
"옙. 잘나신 선배님의, 황태자 전하께 골치 아픈 후배 떠넘기기 수법 잘 봤습니다. 덕분에 단장님 잔소리도 피하고 란슬롯 공작님께도 재미있는 이야길 들었으니 별로 불만은 없지만요."
삐딱하게 대꾸한 아렌트가 해쓱한 얼굴이 된 리히트에게 물었다.
"전달 사항 있어요?"
"보고는 다 마쳤고, 발견한 핵은 슈타들러 백작님께 바로 맡겼다고 전달해 드렸다. 오늘부터 3일간은 휴가니 자유롭게 보내도록."

라이오스의 잔소리가 무시무시하긴 했는지, 리히트가 피곤한 어조로 답을 내어 주었다.

아렌트는 건성으로 고개를 끄덕였다.

"네엡, 저는 그럼 들어갑니다."

"잠깐만, 단장님한테 복귀 신고는 해야지!"

"선배들이 이미 했으니까 됐죠. 이따가 식사 시간쯤에 얼굴이나 비추겠습니다."

아서가 그를 급하게 붙잡으려 했지만, 아렌트는 손을 휘휘 내젓고는 곧장 자신의 방으로 돌아가 버렸다.

문을 단단히 닫은 그는 곧장 통신용 수정구를 찾아 꺼냈다.

소파에 몸을 털썩 던진 아렌트가 곧장 통신을 걸었다.

통신구가 희미하게 빛을 낸 지 얼마 지나지 않아 상대방이 통신을 받았다.

"노이만 상단주님, 지금 잠깐 시간 괜찮으세요?"

인사도 생략하고 다짜고짜 말했지만, 통신구 너머에서 반가워하는 목소리가 돌아왔다.

- 이거 아렌트 경 아니십니까. 임무 때문에 멀리 파견되셨다고 들었습니다만. 복귀하셨습니까?

"네, 막 돌아온 참이에요."

- 별 탈은 없으셨지요?

노이만이 걱정스럽게 물어 왔다.

그도 제국 구석구석에서 벌어진 구울 사태를 알고 있는 거였다.

"네, 문제없이 복귀했습니다. 좀 갑작스럽지만 상단주님께 여쭤보고 싶은 게 있어서요."

- 네, 말씀하시지요. 아렌트 경께서 그렇게 말씀하신다면 없는 시간도 내야지요.

호의를 가득 담은 대답이 돌아왔다.

아렌트는 곧바로 본론을 꺼냈다.

"혹시 에크하르트 백작가 쪽에서 뭔가 변화는 없었어요?"

- 에크하르트 백작가라면…… 아렌트 경의 본가 말씀이시군요. 글쎄요, 아직 딱히 소식이 들어온 것은 없었던 듯합니다. 나중에 정보상 쪽에 알아보고 연락을 드릴까요?

"아니에요. 그건 제가 직접 할 수 있어요. 제가 궁금한 건 백작가가 아니라 백작이 운용하는 사업체 쪽이에요."

- 흐음, 백작님의 사업체라…….

노이만 상단주가 고민에 빠진 듯 잠깐 뜸을 들였다.

잠시 후 그의 목소리가 다시 이어졌다.

- 백작가의 영지는 다른 나라로 나가는 길목에 있으니, 그 위치를 이용해서 무역으로 수익을 내시는 편이지요. 상단 몇 개가 백작님 휘하에서 움직이는 것으로 압니다.

"상단주님도 그쪽이랑 거래하신 적 있어요?"

- 아니요, 아직은 없습니다. 저희는 다른 쪽을 통해서 물건을 공급받고 있으니까요. 하지만 늘 주시는 하고 있습니다.

잠깐 말을 끊었던 노이만이 다시 입을 열었다.

- 딱히 큰 변화는 없습니다만, 백작님 가장 가까이에서 일을 돕던 아르크스 공자님께서 이탈하시며 얼마간 잡음이 생겼다고 압니다.

"그렇습니까?"

- 예, 혼란이 그리 길지는 않았다고 합니다. 백작님의 수완이 워낙 좋으시니까요. 하지만 몇몇 투자자들이 손을 끊었다더군요.

"어째서요?"

아렌트가 의아하게 묻자 노이만의 쓴웃음이 들려왔다.

- 이런 말씀을 드리기는 조금 그렇습니다만…… 백작님께 반발해서 백작가를 이탈한 두 공자님들께서 각자 자리를 잡아 가고 계시니까요.

노이만이 그답지 않은 두루뭉술한 대답을 내어놓았다.

아렌트는 살짝 눈썹을 휘었다.

"백작님의 인망에 의심이 간다거나, 뭐 그런 이유 때문에요?"

- 물론 그럴 수도 있긴 하지만, 장사치는 모두 이득을

좇는 사람들이지요. 단지 자신이 손해를 입을까 걱정이 된 겁니다.

노이만이 통신구 너머에서 쓴웃음을 지었다.

- 에크하르트 백작님의 사업에서 손을 뗀 투자자들 중 일부가 우리 상단으로 왔습니다. 이쯤이면 설명이 되실까요?

"아."

그제야 아렌트는 그의 말을 제대로 이해했다.

"저 때문이라는 거네요?"

- ……사실 그 말씀도 틀리지는 않습니다. 원인은 아렌트 경께서 제공하셨고, 아르크스 공자님의 이탈이 쐐기를 꽂은 셈입니다.

잠깐 주저하던 노이만이 천천히 설명을 이어 갔다.

- 게다가 아렌트 경께서 우리 상단과 가깝다는 사실도 널리 알려졌으니까요. 혹여 이후 사업에 영향이 갈까 염려한 겁니다.

"흐음……."

아렌트는 제 턱을 톡톡 두드리며 고민에 빠져들었다.

얼마간의 침묵 뒤, 아렌트가 짧게 평했다.

"저 때문이라니 기분 좋네요."

- ……하, 하하. 그리 말씀하실 줄 알았습니다.

어색하게 웃음을 터뜨린 노이만이 화두를 돌렸다.

- 그런데 갑자기 이건 왜 궁금해하시는지 여쭈어도 되겠습니까? 혹여 무슨 일이라도 생겼습니까?

"생길 조짐이 보였다고 하는 쪽이 맞겠네요. 방금 상단주님께서 해 주신 말 덕분에 어느 정도 짚이는 구석이 생기긴 했어요."

아렌트는 노이만에게 칸 연합에 백작이 보낸 이들이 드나들었다는 이야기를 간략히 전해 주었다.

그러자 노이만이 심각하게 말했다.

- ……그런 일이 있었군요. 확실히 신경 쓰이실 만한 일입니다.

노이만은 칸 연합이 황태자의 정보 및 자금 창고 역할을 겸한다는 사실을 아는 사람 중 하나였다.

통신구 너머에서 진지한 목소리가 이어졌다.

- 제게 이런 것을 여쭈신 까닭도 알겠군요. 백작가에서는 딱히 이변이 보이지 않으니, 백작님의 사업체에 문제가 생겼을 가능성을 떠올리신 거지요? 그게 백작님께서 염탐을 보내신 까닭이 될 수도 있다고요.

"그런 거죠."

공작과 대화를 나누다 머리를 스쳐 지나간 가능성이었는데, 그리 터무니없는 추측만은 아닌 듯했다.

잠깐 뜸을 들이던 노이만이 문득 운을 뗐다.

- 백작님이 보내신 사람들을 아르크스 공자님이 모두

알아보셨다고 하셨습니까?

"네, 뭐 몇몇은 놓쳤을지도 모르겠지만요."

 어떤 사람들이었는지는 아십니까?

"글쎄요, 그건 못 들었는데. 백작가에서 일하던 사람들이라는 것까지만 알아요."

 그 부분을 확인해 보시는 것이 좋겠습니다.

노이만의 충고에 아렌트가 눈을 깜빡였다.

"물론 그렇게 할 거지만…… 어째서요?"

 이렇게 말씀드리면 다소 결례일지 모르겠습니다만, 에크하르트 백작님은 장사꾼 기질이 다분하신 분입니다.

핵심을 꿰뚫는 말이었다.

지난번에 짧게나마 대면했을 때 아렌트 역시 그리 느낀 바 있었다.

 그러니 아르크스 공자님을 저지하기 위해 장사치의 방법을 사용하실 가능성도 있지요.

"……자세히 말씀해 주세요."

 차를 마시고 물건을 사가는 등, 손님 행세를 한 것은 상품 상태를 확인하려는 것이었을지도 모릅니다.

노이만의 설명이 이어졌다.

 특히 차의 경우는 찻잎 종류와 상태에 따라 어느 경로로 유통되는지도 짐작할 수 있으니까요. 손님들 틈에 섞여 있으면 어떤 상인이 연합에 드나드는지도 확인할 수 있습니다.

거기까지 말한 그는 잠깐 갈등하는 듯 뜸을 들였다.

아무리 절연했다지만, 아들을 상대로 아버지에 관한 이야기를 이리 해도 되는지 고민하는 눈치였다.

하지만 그것도 잠시, 노이만은 곧 확실한 목소리로 덧붙였다.

- 어쩌면 칸 연합의 차 상회를 방해하시려는 의도일지도 모릅니다.

"……."

가만히 듣던 아렌트의 눈썹이 꿈틀, 움직였다.

4장. 일은 하나씩 터지지 않는다

일은 하나씩 터지지 않는다

 노이만과 대화를 마무리한 아렌트는 곧장 칸 연합 쪽으로 통신구를 연결했다.
 이번에도 얼마 지나지 않아 통신이 이어지고, 아렌트는 상대방을 확인하지도 않고 일단 한마디를 툭 내뱉었다.
 "잘하는 짓이네요."
 - ……미안합니다, 아렌트 경.
 그리고 통신을 받은 헨리가 묻지도 따지지도 않고 사과했다.
 일단 저자세로 나오는 것을 보니, 아렌트의 용건을 이미 짐작한 모양이었다.
 헨리가 어색한 웃음기를 섞어 변명처럼 말했다.
 - 아버지께 잠깐 논의했을 뿐인데, 언제 아렌트 경의

귀에까지 들어가게 됐는지…….

"불만이십니까?"

- 아니요, 그럴 리가요. 죄송합니다.

하지만 이번에도 아렌트의 짧은 한마디에 잽싸게 꼬리를 내렸다.

"자세히 말해요."

- 그…… 아마 아버지, 아니, 공작님께 전해 들으신 바가 전부일 겁니다. 몇 차례 백작가의 사람이 방문했고, 최대한 접촉하지 않고 돌려보냈습니다. 전부 아르크스와 안면이 있는 자들이었고요.

"그 사람들 신상 정보는 알고 있어요?"

- 저는 잘 모릅니다만, 아르크스는 알고 있을 겁니다. 듣기로는 백작님 아래에서 말단으로 일하던 사람들이라고 하더군요. 혼자 올 때도 있었고, 둘이 짝을 지어 온 적도 있었습니다.

"연합장님은 그 사람들이랑 가까이에서 접촉한 적 있어요?"

- 아니요, 접대도 응대도 다 직원들이 했습니다.

몇 차례의 질문에 순순히 답해 주던 헨리가 잽싸게 덧붙였다.

- 아렌트 경, 걱정하시는 바는 알겠지만 괜찮습니다. 아직 아무 일도 안 생겼고, 공작님께서도 당분간은 지켜

보기만 하는 것이 낫겠다고 말씀하셨으니까요. 저와 아르크스가 충분히 대처할 수 있습니다.

"대처요?"

- ……

심기가 불편한 아렌트를 달래 보기 위한 시도였지만, 처참히 실패로 돌아가고 말았다.

아렌트는 반짝이는 통신구를 들고 조곤조곤 말을 이었다.

"공자님, 대처라는 건 말이죠. 일이 터지고 난 뒤에 하는 겁니다.

- 그, 그렇지요.

"아직 일이 안 터졌으니 지켜보자. 충분히 대처할 수 있다. 그 말씀은 곧 일이 터지고 난 뒤에야 움직이시겠다는 것 같은데…… 느긋하니 아주 좋아요. 저도 차나 마시면서 구경해야겠네."

- ……

"그러다가 연합 정체 털리고, 장사도 망하고, 황궁은 발칵 뒤집히고, 의기양양해진 백작은 그 아수라장 속에서 본인 아들만 홀랑 챙겨 가고. 완벽하네요, 그죠? 그다음에 대처하시게요? 어떻게?"

- 죄송, 죄송합니다. 제가 실언했습니다. 잘못했습니다. 제가 지금이라도……

"연합 초창기부터 말씀하셨죠? 알아서 하시겠다고."

- …….

"그런데 결국 알아서 못 하셨고."

통신구 너머에서 드디어 진정성 넘치는 사과가 돌아왔다.

- 죄송…… 합니다.

아렌트가 마지막 쐐기를 박았다.

"에크하르트 백작님이랑 거기 부연합장이랑 무슨 푸닥거리를 하든 상관없는데요. 그것 때문에 제 일이 방해받는 건 못 참거든요. 잘 좀 하자고요. 네?"

- ……예에.

풀죽은 대답을 들은 다음에야 아렌트는 조금 만족했다. 그는 수정구를 고쳐 쥐고 소파에 몸을 기댔다.

"찾아왔던 사람들 신상 정보 가지고 노이만 상단 정보상으로 가요. 뭐 하는 사람인지, 어떤 사람인지부터 자세하게 알아보고."

- 아르크스가 아는 정보로는 부족한 겁니까?

"정확히 어떤 업무를 하는지, 최근에는 어떤 일에 투입되었는지 알아보라는 거예요. 안 그래도 뭔가 찜찜해서 노이만 상단주님께 여쭤봤는데."

아렌트는 노이만과 나눈 대화를 간략히 헨리에게 전달했다.

묵묵히 듣던 헨리가 잠깐의 뜸 뒤에 입을 열었다.

― 백작님이 차 사업을 방해하시려는 걸지도 모른단 말씀이십니까?

"가능성은 충분하죠. 솔직히 장남의 근황이 궁금하다거나, 일부러 얼굴을 아는 사람을 보내서 압박하려 한다거나…… 그런 인간적인 이유보다 이쪽이 좀 더 설득력이 높아요."

란슬롯 공작은 백작에게 일말의 인간미를 기대한 것 같았다.

헨리와 아르크스 역시 피하는 길을 선택한 것을 보아하니 비슷한 생각을 한 듯했다.

설마 아버지가 아들에게 필요 이상의 손속을 두겠느냐는 팔자 좋은 생각이 기저에 깔린 거겠지만, 아렌트는 그것을 납득할 수 없었다.

핏줄이래 봤자 남일 뿐이다.

'게다가 에크하르트 백작은 한 번 버렸던 아들을 제 이득을 위해 다시 회유하려 했던 전적도 있었고.'

그 결과는 온갖 유력자들이 모인 자리에서 차남과 화려하게 절연하는 것으로 끝났지만.

"만약 이 가설이 옳다면, 연합에 방문했던 백작가의 사람들한테서도 뭔가 공통점이 발견될 거예요. 그걸 알아내면 백작님의 진짜 꿍꿍이가 뭔지도 짐작할 수 있겠죠."

― 아렌트 경께서는…….

한참을 듣고만 있던 헨리가 문득 입을 열었다.

하지만 그는 말끝을 흐리고는 이내 말머리를 돌려 버렸다.

- 알겠습니다. 말씀대로 알아보고 연락드릴게요. 이쪽은 이쪽대로 방비를 해 보도록 하겠습니다.

"넵, 수고."

그것으로 통신이 마무리되었다.

통신구를 아무렇게나 내려놓은 아렌트는 그대로 소파에 벌러덩 드러누워 버렸다.

"짜증 나게 하네, 진짜."

솔직히 더 이상 엮이고 싶지 않았다.

이게 진짜 '아렌트'의 몸에 밴 거부감 때문인지, 아니면 그렇지 않아도 신경 쓸 게 많은 상황에 더 성가신 일이 생겨서 자꾸 신경질이 치솟는 탓인지는 알 수 없었지만.

'하지만 자꾸 이런 식으로 얼쩡댄다면······.'

한 번쯤 마음먹고 붙어 보는 것도 나쁘지 않을 것 같았다.

헨리와 아르크스는 수비적인 태도로 임할 작정인 듯했지만, 자고로 가장 좋은 방어는 선제공격인 법.

아렌트의 입가에 삐딱한 미소가 걸렸다.

"아주 개박살을 내 줘야지."

엮이는 게 싫으면, 두 번 다시 고개 내밀 생각도 못 할 정도로 잘근잘근 밟아 버리면 그만이었다.

* * *

그날, 저녁 식사 시간.

평소처럼 야무지게 식사에 임하고 있는 아렌트에게 시종이 후다닥 달려왔다.

"아렌트 경, 식사하시는데 실례합니다. 라이오스 단장님께서 식사하신 후에 잠깐 뵙자고 하십니다."

스테이크를 입에 쏙 넣던 아렌트가 멈칫했다.

맞은편에 앉은 아서가 쌤통이라는 듯 말했다.

"아까 못 하신 설교 마저 하시려는 거 아냐?"

"전 혼날 짓 안 했는데요."

"진짜 엄청나게 뻔뻔하군."

리히트가 질린 목소리로 중얼대는 것을 무시하고, 아렌트는 시종에게 턱짓했다.

"어쨌든 알았으니 가 봐."

"네! 실례했습니다."

고개를 숙여 인사를 건넨 시종이 다시 물러갔다.

스테이크를 또 한 조각 썰어서 입에 쏙 넣으며, 아렌트는 기억을 더듬었다.

'이번에 갔다던 파견지가…… 거기였던가?'

아마 라이오스의 용건은 잔소리만이 아닐 것 같았다.

아무 소식이 들리지 않아서 별일 없이 넘어갔나 했더니, 아무래도 아닌 모양이었다.

구운 야채 마지막 한 조각까지 야무지게 해치운 아렌트는 벌떡 자리에서 일어났다.

"그럼 저 먼저 가 봅니다."

"이따가 연무장에서 봐."

"박살 날 준비하고 오세요."

"너야말로."

동료 간의 살갑기 그지없는 인사를 나눈 뒤, 아렌트는 곧장 라이오스의 집무실로 향했다.

예의상 똑똑, 두 번 노크한 뒤 문을 열자 라이오스가 그를 맞이했다.

"어서 와라."

"어쩐 일로 부르셨어요?"

책상 앞에 시립한 아렌트가 뻐딱하게 묻자 라이오스가 침착하게 대꾸했다.

"지극히 당연한 말이다만, 단장에게 복귀 신고를 하는 것은 기본 중의 기본이다. 원래 내가 부르기 전에 네가 찾아오는 게 정상이다. 그 점 유념하도록."

"내키면 그렇게 하겠습니다."

"……영원히 안 하겠단 말이군."

한숨을 짧게 내쉰 라이오스는 들고 있던 서류를 내려놓

고 화제를 돌렸다.

"황태자 전하께 보고하기 전에 네게 자문을 구하고 싶은 부분이 있어서 불렀다."

"뭡니까?"

별로 놀란 기색도 없이 아렌트가 물었다.

라이오스는 서랍을 열더니 지저분한 돌 하나를 꺼내 그에게 건네주었다.

이끼가 끼고 진흙이 딱딱하게 굳은 데다 먼지도 가득 붙어, 언뜻 그냥 길바닥에 굴러다니는 돌멩이와 비슷해 보였다.

하지만 진흙이 떨어져 나간 부분에서 과거에는 광택을 품었을 게 분명한 보석의 표면이 드러나 있었다.

"이게 뭔데요?"

"파견지에서 발견한 거다."

대충 예상했던 말이 라이오스의 입에서 흘러나왔다.

"일전에 헨리 공자와 함께 방문했던 국경 지대에 있던 구울 무덤. 그것과 비슷한 것이 있었다."

"비활성화 상태였습니까?"

"아니, 살아 있더군."

"역시 비활성…… 아니, 네?"

시큰둥하게 말하던 아렌트가 퍼뜩 정신을 차리고 다시 물었다.

라이오스가 담담하게 말을 이었다.

"산 아래의 농지에서 농작물이 말라 죽기 시작했다더군. 심상치 않은 마력 역시 느껴진다는 말에 내가 확인차 방문한 거고. 농지 아래의 지하 동굴에 구울들이 있었다."

"그걸 다 어쩌셨는데요?"

"토벌했지."

간단하기 그지없는 대답이 돌아왔다.

아렌트는 순간 상황도 잊어버리고 그에게 질렸다는 시선을 보냈다.

누구는 셋으로도 버거워서 영지의 기사들까지 동원했더니, 라이오스는 단신으로 우글대는 구울들을 모조리 처리한 것이다.

"전투가 있었다는 말은 못 들었는데요."

"혼자 정리했으니까. 혹여 동요할까 봐 구울들이 있었다는 말도 굳이 하지 않았지. 나중에 황태자 전하께는 보고할 예정이다."

"……잘나셨네요."

라이오스가 간 곳은 '성검의 푸른 기사'에서 구울 소동이 일어났던 곳 중 하나였다.

전쟁이 일어나고 빈센트가 슈타들러 백작과 제국을 휩쓸고 다니던 무렵, 뜬금없이 황성 근처 작은 도시에서 구울들이 쏟아졌다.

그나마 가까이에 있던 3기사단이 달려가 사태를 진정시켰지만 이미 숱한 피해가 난 상황이었다.

적들이 벌인 공세라고 여긴 기사들은 한동안 그곳에서 대기하며 혹시 모를 공격에 대비했다.

그러나 결국 아무런 일도 일어나지 않았고, 얼마 후에 다른 곳에서 전투가 벌어지며 라이오스는 또다시 그쪽으로 달려가야만 했다.

그래서 소설에서는 흐지부지되어 버린 일이었다.

'빈센트가 전쟁 중에 만든 함정이 아니었나?'

빈센트는 이미 죽었으니, 아예 만들어지지 않았거나 적어도 비활성화 상태일 거라 예상했다.

그래서 굳이 손대지 않았다.

조사해야 한다고 주장했다가 아무것도 나오지 않으면 변명하기 곤란할 테니까.

하지만 아무래도 그 추측은 빗나간 모양이었다.

잠깐 딴생각을 하던 아렌트의 정신에 라이오스의 목소리가 불쑥 침범해 왔다.

"그런데 구울들의 상태가 조금 이상하더군."

"네?"

뜻밖의 한마디에 고개를 들자, 라이오스의 새파란 눈동자와 시선이 마주쳤다.

"부패한 정도가 다른 구울들보다 심했다. 모두 인간이

었고, 몇몇은 처음 보는 복식의 옷을 걸치고 있었지. 지능은 없다시피 했고, 입구가 막혀 있던 동굴에서 탈출하려 손톱으로 바위를 긁고 있었어. 그래서……."

단장의 입에서 원작에서는 묘사되지 않았던 사실들이 흘러나왔다.

아렌트는 생각하던 것도 잊어버리고 멀뚱히 눈을 깜빡였다.

라이오스가 진지하게 덧붙였다.

"아마 초대 황제께서 활약하신 전쟁 때 설치되었던 게 아닌가 하는데, 네 생각을 듣고 싶다."

아렌트는 한동안 입을 다문 채 생각에 잠겨 있었다.

꽤 길어지는 침묵에도 라이오스는 굳이 재촉하지 않고 기다렸다.

얼핏 가만히 서 있는 것 같지만, 아래로 내리깔린 황금색 눈동자가 차분히 가라앉아 있었다.

그가 꽤 깊은 고민에 빠졌을 때 볼 수 있는 모습이었다.

잠시 후, 아렌트가 먼저 운을 뗐다.

"……그럴 가능성도 있겠네요. 최근에 나타난 놈들과는 달리 수작질의 흔적이 없는, 구울 본연의 모습이었다는 거잖아요."

빈센트도 아니고 진도 아니다.

그렇다면 남은 가능성은 딱 하나뿐이었다.

"한꺼번에 터뜨리기 위해 모아 둔 것을 보면, 대전쟁 당시의 체르니온 교단이 만든 함정일 확률이 가장 높아."

라이오스가 천천히 고개를 끄덕였다.

가만히 듣던 아렌트는 제 손에 있는 지저분한 돌을 다시 책상 위에 내려놓았다.

"이건 거기에 있던 핵이에요?"

"그래, 처음에는 희미하게 빛나고 있더군. 오래된 마력 역시 느껴졌다. 구울이 모두 처리된 다음에 비활성화 상태에 접어들었지만."

라이오스가 내어놓은 답에 아렌트가 살짝 인상을 찌푸렸다.

"문제는 그거네요. 방치된 채 있던 게 왜 갑자기 활동을 시작했는가."

"그렇지, 근처에 시전자로 보이는 사람은 없었다. 탐문해 봤지만 수상한 자를 목격한 이도 없다더군."

드래곤 구울이 모습을 드러냈을 때, 함께 쏟아진 구울 무리 주변에서 주술을 발동한 시전자의 시신 역시 함께 발견되었다.

그렇듯 진이 개발에 뛰어들기 이전의 구울들을 움직이기 위해서는 이를 직접 시전할 사람이 필요했다.

하지만 라이오스가 발견한 동굴에서는 그런 정황이 눈에 띄지 않았다.

'사람들 눈에 띄지 않게 구울을 활성화한 뒤 떠났다는 가정도 가능하지만…….'

진과 로저는 텔레포트 마법을 쓸 수 있으니까 가능한 일이긴 했다.

하지만 굳이 구시대의 함정을 발동해 봤자, 그들이 딱히 얻을 게 없었다.

라이오스 역시 비슷한 생각이었다.

"누군가가 일부러 활성화한 것 같지는 않아. 모종의 이유 때문에 우연히 발동되었다고 보는 것이 타당하겠지."

"그러게요. 하지만 그 모종의 이유라는 게 뭔지……."

저도 모르게 중얼거리던 아렌트가 문득 말을 멈추고 고개를 들었다.

무표정하던 미간이 살짝 찌푸려진 채였다.

"근데 이걸 왜 저한테 물어보십니까? 슈타들러 백작님께 바로 가서 의논하시는 게 더 빠르잖아요."

"넌 아무도 모르던 정보를 내어놓을 때가 있으니까."

그러자 담담하기 짝이 없는 목소리가 돌아왔다.

허를 찌르는 대꾸에 아렌트는 한순간 말문이 막히고 말았다.

단장이 아무렇지도 않은 얼굴로 덧붙였다.

"구울을 처음 발견했을 때도 그랬지. 그래서 이번에도 뭔가 알고 있는 게 있다면 미리 이야기하라고 따로 불렀다. 아무래도 네가 직접 말하는 것보다는 나를 통하는 쪽이 더 안전할 테지."

"……."

단장의 얼굴을 멀뚱히 마주 보며 눈을 깜빡이던 아렌트가 운을 뗐다.

"단장님."

"말해라."

"단장님한테는 거리낌이라는 게 없습니까?"

노골적으로 어처구니없다는 의미를 듬뿍 담은 한마디에, 라이오스의 눈썹이 꿈틀거렸다.

"……적어도 너한테는 그 말을 듣고 싶지는 않다만, 갑자기 왜 시비를 거는지 궁금하군."

"왜냐니……."

아렌트는 황당하게 중얼거리다가 말끝을 흐렸다.

이런 식으로 주절대는 건 그다지 '아렌트'다운 행동이 아니라는 것을 자각한 것이다.

라이오스는 진심으로 아무것도 모르겠다는 듯, 새파란 눈동자에 언짢은 의문만을 담아내고 있었다.

그런 그의 얼굴에서는 한자락의 의혹조차 찾아볼 수 없었다.

'물론 지금 와서 날 의심하지는 않을 테지만.'

그야 지금껏 해 먹은 게 한두 개가 아니었으니까.

그렇다고 해서 이런 상황을 예측했던 건 아니었다.

"이걸 거리낌이라고 말해도 되는지 모르겠지만, 기사단에서 가장 어린 너한테 의존하는 상황은 그리 달갑지 않다."

"그거야 다들 도움이 안 되니까 그런 거고."

추임새처럼 들어오는 밉살맞은 말은 무시해 버린 라이오스가 덧붙였다.

"그리고 네가 말하는 거리낌이라는 게, 네가 아직 숨기고 있는 부분에 대해서라면…… 글쎄, 내가 꺼려 해야 하는 이유를 잘 모르겠군."

"예?"

"지금 와서 딱히 캐물을 생각도 없다. 지난 일은 덮어 두기로 약속했던 부분이고, 앞으로도 마찬가지야. 하지만 네가 굳이 위험을 감수할 필요는 없으니, 이왕이면 나한테 먼저 보고하라는 거다."

뒤이어진 말들에 아렌트는 입을 다물어 버렸다.

'이 사람은 진짜…….'

섬뜩하게 느껴질 정도의 신뢰였다.

숨기고 있는 부분이란, 그간 아렌트가 풀었던 정보의 출처를 말하는 거였다.

지금까지 매번 흐지부지 넘어가거나 거래 형태로 입막음하는 것으로 끝낸 탓에 개운치 않은 부분이 늘 존재할 수밖에 없었다.

라이오스는 그것을 자신이 해결해 주겠다 이야기하고 있었다.

아렌트에게 쓸데없는 시선이 모이는 것을 방지하고, 혹시라도 그가 의심을 사 피해를 입지 않도록.

속으로 한숨을 꾹 눌러 담은 아렌트가 삐딱하게 섰다.

"단장님은……."

"호구 같다고 말하지 마라."

하지만 그마저도 선수를 당하고 말았다.

얼떨떨하게 자신을 보는 아렌트를 향해 라이오스가 아무렇지도 않게 덧붙였다.

"단장이 부하를 보호하는 것은 의무다. 나는 내가 해야 할 바를 이행하는 것뿐이야."

"……그러다 피 보셔도 제 알 바 아닙니다."

"피는 너 때문에 매일 보고 있다. 어쨌든, 아는 바가 없나?"

더 이상 말할 가치도 없다는 듯, 라이오스는 다시 화제를 돌려 버렸다.

그를 심란하게 응시하던 아렌트가 이내 건성으로 대꾸했다.

"딱히 말씀드릴 건 없어요. 아는 것도 없고. 하지만 아마 단장님의 추측이 맞을 것 같긴 해요. 빈센트는 이미 죽었고, 진이 제작하는 것은 구울 본연의 것과는 거리가 상당히 멀어졌으니까요."

라이오스가 아쉬운 기색도 없이 고개를 끄덕였다.

"역시 그렇군. 혹시 비슷한 일이 재발할 가능성은?"

자연스럽게 이어진 질문에 견습 기사가 잠깐 입을 다물었다.

이번에는 다소 부자연스러운 침묵이었다.

이 침묵이 뭘 의미하는지 라이오스는 짐작할 수 있었다.

단장의 표정이 티 나지 않게 설핏 굳었다.

'괜한 소리를 한 건가.'

필요 이상으로 손을 뻗으면 멀리 도망가 버리는 저 녀석의 성격상, 방금 대화가 불편했을지도 모르겠다는 생각이 뒤늦게 떠올랐다.

말하기 싫으면 안 해도 된다고 덧붙이려는 찰나, 아렌트가 다시 운을 뗐다.

"확신은 없지만, 아마 이번이 처음이자 마지막일 겁니다."

"……."

라이오스의 눈이 조금 커졌다.

"똑같은 게 나타나지는 않을 거예요. 그러니까 지금부터 바로 조사에 들어가도 무방해요. 마침 오늘 모조 정령석으로 추정되는 걸 슈타들러 백작님께 넘긴 참이니, 단장님이 발견하신 거랑 비교하면서 연구해 달라고 부탁드리면 되겠네요."

 그의 마음을 아는지 모르는지 아렌트는 평소와 크게 다를 바 없이 뚱한 얼굴로 매끄럽게 말을 이었다.

 마치 방금 흐른 불편한 정적이 착각처럼 느껴질 정도였다.

 "그……."

 잠깐 버벅대던 라이오스가 간신히 침착을 가장해 대꾸했다.

 "……알겠다. 황태자 전하께도 그리 보고드리지. 일단 구울들이 갑자기 움직인 까닭을 알아내는 게 급선무겠군."

 "됐죠? 그럼 이제 슈타들러 백작님한테나 가 보세요. 애먼 사람 붙잡고 시간 뺏지 마시고. 전 갑니다."

 퉁명스럽게 덧붙인 아렌트가 그대로 몸을 빙글 돌리려는 순간, 라이오스가 그를 불러 세웠다.

 "잠깐."

 "또 뭔데요?"

 짜증스레 뒤를 돌아보는 아렌트에게 라이오스가 툭 내뱉었다.

 "이번 파견에서 너희 셋이 쳐 댄 사고 말인데."

 "아."

 아렌트의 입에서 맹한 소리가 터져 나왔다.

눈을 데굴 굴리던 견습 기사가 구차하게 덧붙였다.

"참고로 말씀드리자면, 성문 부순 건 제가 아니라 리히트 선배입니다."

"영주님의 별장으로 구울을 몰아 넣고 한꺼번에 폭발시키자는 발상은 네가 했다면서."

"……."

"게다가 곡식 창고를 태운 보상금을 네 사비로 지급하고선, 황태자 전하께 두 배를 뜯어냈다고?"

아무래도 아까 아서와 리히트가 혼나면서 미주알고주알 일러바친 모양이었다.

곧이어 쏟아질 설교에 아렌트가 벌써부터 질색하고 있는데, 라이오스가 짧게 말했다.

"……됐다. 이번 한 번은 넘어가지."

"예?"

예상치 못한 한마디에 아렌트가 눈을 깜빡였다.

하지만 라이오스는 그를 향해 손을 가볍게 내저어 줄 뿐이었다.

"다음부터는 필요 이상의 피해가 없게 주의하도록. 가 봐라. 고생했다."

어쩐지 누그러진 어조의 축객령이었다.

그를 멀뚱히 보던 아렌트는 이내 습관대로 어깨를 으쓱해 보이곤 인사도 남기지 않고 집무실에서 나가 버렸다.

쿵.

문이 닫히고, 혼자 남은 라이오스는 그제야 몸에서 긴장을 풀고 의자에 몸을 천천히 기댔다.

"후우……."

사고뭉치 기질을 퍼뜨리고 다니는 장본인인 만큼, 아렌트는 예나 지금이나 크게 달라지지 않았다.

건방지고 사람 속 긁는 것에 탁월한 재능이 있는 데다 버르장머리도 없다.

자신이 불쑥 접근하는 것은 아무렇지도 않게 여기면서, 다른 사람이 다가가면 슬그머니 몸을 빼 버리는 못된 버릇까지 그대로였다.

'하지만 이 정도라면…….'

그래도 예전보다는 도망치는 거리가 조금이나마 좁혀진 모양이었다.

라이오스의 입가에 희미한 미소가 드리웠다.

* * *

"쯧."

단장의 집무실에서 나온 아렌트는 문고리를 놓기도 전 짧게 혀를 찼다.

쓸데없는 말까지 해 버린 게 영 언짢은 탓이었다.

하지만 이미 나가 버린 대사를 주워 담기란 불가능했다.

아렌트는 아서가 기다리고 있을 연무장을 향해 발걸음을 돌렸다.

몸을 움직이면서 한편에 남은 찜찜함을 털어 버릴 생각이었다.

하지만 그가 채 몇 발을 떼기도 전, 다급한 발소리가 들려왔다.

"아렌트 경, 거기 계셨네요!"

복도 맞은편에서 그를 발견한 시튼이 환한 미소를 지으며 달려왔다.

"어쩐 일이야?"

"황궁 바깥에서 아렌트 경께 소포랑 편지가 들어와서요. 전해 드리러 왔습니다!"

담백한 물음에 시튼이 눈을 반짝이며 말했다.

"파견 고생하셨습니다! 무사히 돌아오셔서 다행이에요."

"오냐, 가지고 온 거나 줘 봐. 보낸 사람은 누군데?"

"노이만 상단의 문양이 찍혀 있었어요."

시튼은 얼른 가지고 온 물건들을 아렌트에게 건넸다.

"천천히 확인할게. 가 봐."

"넵! 또 뵙겠습니다!"

과장되게 고개를 푹 숙인 시튼이 다시 제 일자리를 향해 종종걸음으로 멀어졌다.

시튼을 보낸 아렌트는 그가 건네준 것들을 확인했다.

하나는 꽤 두툼한 서류 봉투였다.

시튼의 말대로 밀랍 봉인에는 노이만 상단의 문양이 찍혀 있었다.

아무래도 칸 연합을 염탐했다는 이들의 정보를 보낸 것 같았다.

다음으로 아렌트는 시튼이 함께 건네준 얇은 편지 봉투 쪽으로 시선을 옮겼다.

발신인은 따로 적혀 있지 않았다.

그는 서류 봉투를 옆구리에 끼고서 봉인을 뜯었다.

"……음?"

종이 한 장이 성의 없이 들어 있었다.

아렌트는 안에 들어 있던 편지를 꺼내 펼쳤다.

새하얀 종이 한가운데에 간결히 새겨진 문장이 눈에 들어왔다.

마력 반응 확인했다.

놈이 움직인 걸지도.

대비하도록.

"……."

여전히 보낸 사람이 누구인지는 밝히지 않고 있었지

만, 아렌트는 발신자를 충분히 짐작할 수 있었다.

편지를 쥔 손이 아래로 툭 떨어졌다.

치솟는 짜증을 가라앉히려 천천히 한숨을 내쉬었지만 결국 입 밖으로는 간결한 욕설이 튀어나오고 말았다.

"염병, 진짜."

역시 일은 하나씩 터지지 않는다.

엿 좀 처먹어 봐라, 하며 한꺼번에 몰려든다면 또 모를까.

아렌트는 연무장을 향하던 발을 돌려 다시 라이오스의 집무실을 향해 빠르게 걸어갔다.

그날 저녁, 급하게 회의가 소집되었다.

오랜만에 세 기사단장과 황태자가 모두 모인 자리였다.

언제나 그랬듯 견습 기사 아렌트와 연구실에 처박혀 있다 끌려 나온 슈타들러 백작 역시 함께였다.

모두가 자리에 앉자마자 아렌트가 화두를 열었다.

"렉시온 님이 이런 걸 보내셨는데요."

아렌트는 모두가 볼 수 있도록 테이블 한가운데에 편지를 놓아두었다.

문구를 확인한 칸타레스가 의아하게 중얼거렸다.

"그놈? 뭐가 움직였다는 거지?"

"뻔하지 않습니까? 체르니온 교단에 몸담은 드래곤이죠."

허리를 펴고 똑바로 시립하며 아렌트가 툭 내뱉었다.

회의실 안에 정적이 가라앉았다.

체르니온 교단의 드래곤은 지금껏 거의 존재감을 드러내지 않고 있었다.

그런데 이제 그가 슬슬 나설 준비를 하기 시작한 것이다.

망연히 천장을 쳐다보던 켄드릭이 입을 열었다.

"이거 큰일 났군."

"……켄드릭 경, 농담할 때가 아닙니다."

다이아나가 켄드릭을 슬쩍 흘겨보자, 켄드릭이 머쓱하게 웃었다.

"나도 한번 해 보고 싶었을 뿐인데. 어쨌든…… 자네가 렉시온 님이라 부르는 그 드래곤은 체르니온 교를 견제하는 게 목적이라고 했던가?"

"그런 눈치더라고요. 그리고 체르니온 교단 내에 있는 드래곤을 상당히 경계하는 듯 보였습니다. 아마 안면이 있는 사이겠죠."

아렌트가 간단히 설명을 덧붙인 뒤 라이오스가 입을 열었다.

"이미 구두로 보고드린 바 있습니다만, 제가 향했던 파견지에서 구울 무덤이 발견되었습니다. 여러 정황을 따져 봤을 때 대전쟁 시대의 산물이 모종의 이유로 우연히 발동된 거라 여겼습니다. 그런데 오늘 렉시온 님의 전언이 아렌트에게 도착했고……."

라이오스의 시선이 곁에 서 있는 아렌트에게 향했다.

"마침 시기가 공교롭다는 생각에 슈타들러 백작님께 간단히 분석을 부탁드렸습니다."

회의실 안의 시선이 자연스럽게 슈타들러 백작에게 모여들었다.

백작이 파리한 안색으로 입을 열었다.

"아렌트 경이 가져오신 모조 정령석과 '기적의 병사' 표피 일부, 그리고 라이오스 단장께서 회수하신 핵. 세 가지 모두에서 미약하게나마 공통된 마력 반응이 검출되었습니다."

"그 말은……."

"지클린의 마력이 대전쟁 시대 유물에서 검출될 리는 없습니다. 그 드래곤이 지클린의 뒤에서 연구를 도와주고 있는 겁니다."

다이아나가 인상을 찌푸리며 중얼거리는 말에 슈타들러 백작이 대답했다.

뒤이어 아렌트가 간단히 덧붙였다.

"즉, 대전쟁 때 만들어 둔 구울 함정이 뜬금없이 발동한 건 그 드래곤의 영향을 받은 탓이란 거죠."

"잠깐만. 르웰린 왕자에게도 드래곤 본 아티팩트가 있지 않나?"

"그렇지 않아도 아까 연락해 봤어요."

가만히 듣던 칸타레스가 퍼뜩 생각났다는 듯 말하자 아렌트가 답을 내주었다.

"다행히 아티팩트가 폭주한다거나 하는 일은 없었다고 합니다. 하지만 며칠 전에 갑자기 흐릿하게 빛을 냈대요. 그래서 혹여나 하는 마음에 며칠간 몸에서 떼고 지냈답니다."

그런 일이 있었는데 왜 진작 보고하지 않았느냐며 르웰린을 탈탈 털었다는 건 굳이 말하지 않았다.

그 사실을 알 리 없는 켄드릭이 가슴을 쓸어내렸다.

"왕자님께 별일 없었다니. 그것참, 다행이군."

"만일의 사태를 대비해서 당분간은 항마 처리가 된 상자 안에 보관하라고 했어요. 말은 잘 듣는 녀석이니 걱정 안 하셔도 될 겁니다."

아렌트가 확답하자 칸타레스 역시 안도하며 의자에 몸을 기댔다.

"하지만 왜 이제 와서? 이 부분이 난 이해가 안 되는데."

"무슨 말씀이십니까?"

다이아나의 물음에 칸타레스가 말을 이었다.

"드래곤이 지금껏 잠자코 있긴 했지만, 그렇다고 해서 모든 일에 손을 놓고 있던 건 아니었잖아. 지금 백작의 말대로라면 지클린의 연구에도 도움을 제법 준 듯하고,

르웰린 왕자가 가진 아티팩트도 제작했어. 그런데 새삼스럽게 구울 함정과 아티팩트가 반응할 이유가 있나?"

"이건 제 추측일 뿐인데요."

팔짱을 끼고 삐딱하게 선 아렌트가 눈동자를 데굴 굴렸다.

"기지개를 켰다…… 이렇게 생각하면 어떨까요?"

"기지개?"

켄드릭이 의아하게 묻자 아렌트가 간단히 덧붙였다.

"네, 잠깐 잠들었다가 일어나서 기지개를 켜면 팔을 쭉 뻗게 되잖습니까."

물론 그 드래곤의 경우, 뻗은 게 팔이 아니라 마력이겠지만.

"수면기까지는 아니더라도 한동안 휴식 상태였던 거죠. 그동안은 직접 나서는 대신 물 밑에서 교단을 도운 거고. 확실한 건 렉시온 님이 제대로 아시겠지만요."

"아무리 생각해도 신통하단 말이지……."

말끝을 흐린 켄드릭이 슬쩍 아렌트를 보았다.

"누가 봐도 시비조의 초대였네만, 도대체 어떻게 하면 며칠 만에 드래곤을 구워삶을 수 있지?"

"제가 워낙 잘나서요."

그와 눈을 마주친 아렌트가 뻔뻔하게 대꾸했다.

켄드릭이 너털웃음을 터뜨렸다.

"그렇게 말할 거라고 생각했지. 부정할 수 없다는 점이 진짜 열받는군."

"렉시온 님도 조만간 모습을 드러내지 않을까요? 아무래도 체르니온 교단에 있는 드래곤의 흔적을 찾아다니는 것 같았거든요."

아렌트가 어깨를 으쓱하며 답해 주었다.

렉시온이 이렇게 충고까지 건네준 것을 보아하니, 조만간 렉시온과의 거래 여부가 확실해질 시기가 다가온 모양이었다.

연이어진 구울 소동과 불안한 정세, 그리고 렉시온의 전언.

이것들이 가리키는 것은 딱 하나뿐이었다.

다이아나가 착 가라앉은 목소리로 말했다.

"놈들이 봉기할 준비를 거의 다 끝마친 걸지도 모르겠군요."

"전하, 타국에도 이 사실을 전달해야 하지 않겠습니까?"

라이오스가 칸타레스를 향해 진지하게 제안했다.

칸타레스 역시 고개를 끄덕였다.

"아무래도 그게 좋겠지."

"엘프 왕국 쪽은 어떻게 됐어요?"

불쑥 아렌트가 끼어들어 질문을 던졌다.

칸타레스는 끙, 앓는 소리를 내며 턱을 괴었다.

"1, 3왕국은 협력 의사를 보였다고 하셨어. 하지만 아직 4왕국이 남았다더군. 엘프들 중에서도 은둔자들만이 모인 곳이라 쉽지 않으신가 봐."

2왕국과의 수교는 곧 완성 단계였다.

자카르가 이끄는 사절단이 방문했었고, 이제는 문서상으로도 칼리온 제국과 엘프 2왕국은 정식으로 교류하는 동맹국이 되었다.

그의 말에 아렌트가 다시 입을 열었다.

"엘프 왕국 측에도 드래곤이 개입했다고 알리는 게 좋겠어요. 그러면 4왕국 쪽 대장로도 마음이 바뀔지도 몰라요."

"그렇게 해야겠지."

칸타레스가 고개를 끄덕이는 것을 보며, 아렌트는 다시 생각에 잠겼다.

지금은 전쟁이 어디에서 먼저 터질지 알 수 없는 상황이 되어 버렸다.

소설대로라면 칼리온 제국 내부 어딘가에서 내전의 형태로 발발했겠지만, 렉시온은 다른 가능성도 염두에 둬야 한다고 말했다.

그렇다면 칼리온 제국 인근 어디에서든 놈들이 튀어나올 수 있다는 뜻이었다.

'그렇다면 병력을 미리 제국 쪽으로 모으는 것도 위험하지.'

섣불리 제국에만 힘을 집중시켰다가 다른 나라가 먼저 놈들에게 점령당할지도 몰랐다.

게다가 놈들은 신앙과 세뇌라는 강력한 무기를 지니고 있으니, 놈들에게 빼앗긴 땅이 순식간에 적군으로 돌변하는 상황도 상정해야 했다.

거기까지 생각이 다다라 막 입을 열려던 순간, 라이오스가 먼저 운을 뗐다.

"일단은 주변국에 경계령을 전하는 게 급선무인 듯합니다. 다른 나라도 병력을 넉넉하게 준비할 수 있도록 말입니다."

막 꺼내려던 대사를 빼앗긴 아렌트가 다시 입을 다물었다.

단장 쪽을 힐끗 곁눈질한 그가 조용히 물러섰다.

굳이 나설 필요가 없는 타이밍에 자신이 끼어들 필요는 없었으니까.

그걸 알 리 없는 라이오스는 평소처럼 고저 없는 목소리로 차분하게 말을 이어 갔다.

"적이 언제 들이닥칠지 알 수 없는 상황인 만큼, 언제든 각자의 자리에서 대응할 수 있도록 해야 합니다. 그리고 가능하다면 엘프 왕국 측에는 미리 지원을 요청해 두는 것을 제안드립니다."

"어째서? 다소 급한 감이 있는 듯한데."

"엘프 왕국은 전투가 발발한 이후 합류하기에 거리가 지나치게 멉니다."

칸타레스가 의아하게 묻자 라이오스가 차분히 답을 내주었다.

"그리고 지리적 특성상, 그쪽에서는 첫 전투가 벌어질 가능성이 가장 낮으니 유의미한 병력은 미리 이쪽으로 이동시켜 두는 것이 낫습니다. 그리고 가능하면 최대한 빨리 자리를 만들어서 엘프 왕국과 다른 나라의 관계를 맺어 두는 편이 좋을 테니까요."

엘프들은 오랫동안 폐쇄된 채 지내 왔다.

전쟁 발발 시 제대로 연계하기 위해서는, 그전에 남은 앙금을 털고 협의점을 나누는 등 타국과 미리 안면을 터두는 편이 나았다.

라이오스의 설명에 칸타레스가 납득했다.

"일리 있는 말이군. 알타이르 대장로님께도 그렇게 제안하고 폐하께도 보고하지."

"감사합니다, 전하."

"좋아, 일단 이 정도로 해 두고."

라이오스가 단정하게 묵례하자 칸타레스는 다시 아렌트를 향해 시선을 주었다.

"아렌트, 혹시 렉시온 님께 따로 연락이 온다면 곧장 보고하도록."

"네엡, 알겠습니다."

"파견에서 막 돌아온 참이라고 아는데, 숨 돌릴 틈도 없이 일거리가 잘도 쏟아지는군. 괜찮나? 듣자 하니 연합 쪽에도 문제가 생겼다는 것 같은데."

농담처럼 말하며 켄드릭이 쓴웃음을 짓자 아렌트가 뚱하니 대꾸했다.

"안 괜찮지만, 초과 근무 수당은 황태자 전하께 따로 말씀드려서 챙길 예정입니다."

"돈도 많은 녀석이 욕심은."

다이아나의 타박에 아렌트가 태연하게 대꾸했다.

"용돈 뜯길 때의 황태자 전하 표정이 제법 재밌거든요."

"나쁜 자식."

턱을 괴고 뚱하니 대화를 듣던 칸타레스가 투덜거렸다.

그러자 마치 신호라도 받은 듯, 아렌트와 황태자를 제외한 모두가 작게 웃음을 터뜨렸다.

* * *

회의가 끝난 뒤 자신의 방으로 돌아온 아렌트는 곧장 테이블 위에 아무렇게나 던져뒀던 서류 봉투 쪽으로 손을 뻗었다.

"자, 다음은······."

이 성가시기 짝이 없는 혈연이란 놈의 꿍꿍이를 확인할 차례였다.

아렌트는 단지 헨리에게 노이만 상단의 정보상을 이용하라 조언했을 뿐, 이쪽으로 정보를 보내 달란 말은 하지 않았다.

'그런데 굳이 이걸 나한테 보냈단 말이지.'

뭔가 심상찮은 일이 벌어지고 있다는 뜻이었다.

봉인을 뜯은 아렌트는 내용물을 꺼내 소파에 몸을 푹 파묻었다.

대충 예상했던 대로 처음 보는 이름 몇 명의 신상 명세를 적은 자료가 들어 있었다.

아렌트는 무심한 눈으로 글자를 읽어 내렸다.

'총 네 명에, 전부 에크하르트 백작 소유 상단의 말단들이란 말이지.'

대충 예상했던 바였다.

이 정도라면 백작의 목적이 칸 연합의 사업을 염탐하는 거였다고 확신해도 무방할 듯했다.

하지만 여전히 이해가 안 되는 부분이 있었다.

'이러는 게 무슨 의미가 있다고?'

백작의 수완과 재력, 그리고 영향력은 물론 무시할 만한 것이 못 되었다.

하지만 상대는 란슬롯 공작과 황태자였다.

황태자가 사업의 뒤를 봐주는 이상, 칸 연합이 망할 일은 결코 없을 것이다.

심지어 최근 표면적인 최대 투자자로 나선 사람은 란슬롯 공작이었다.

아무리 아르크스를 되찾기 위함이라지만, 계산속 빠른 백작이 이 정도의 위험을 감수할 것 같지는 않았다.

'장남에 대한 집착이 예상보다 컸던 건가…… 아니면…….'

생각에 잠긴 채 남은 글을 읽던 아렌트가 문득 페이지를 넘기던 손을 멈췄다.

방 안에 짧은 정적이 몇 초간 흐른 뒤.

그가 불현듯 몸을 일으켰다.

"……진심이야?"

저도 모르게 얼빠진 목소리가 입 밖으로 튀어 나갔다.

그러는 중에도 아렌트의 시선은 한 사람의 문서 끄트머리에 덧붙여진 한 문장에 꽂혀 있었다.

최근 이스트 상단 본단을 여러 차례 방문함.

아렌트는 탁 소리 나게 이마를 짚었다.

이미 심야에 가까워진 시간이었다.

하지만 노이만은 잠자리에 들지 않고 아렌트의 연락을 기다리고 있었던 듯했다.

오늘만 몇 번째로 찾는지 모를 통신구를 붙잡고 있자 얼마 지나지 않아 기다리던 목소리가 들렸다.

― 아렌트 경, 그렇지 않아도 곧 연락하실 듯해서 기다리고 있었습니다.

"상단주님, 이거 제가 생각하는 그게 맞아요?"

거두절미하고 다짜고짜 본론부터 꺼내는 아렌트에게 노이만이 착잡한 목소리로 대답했다.

― 일단 추측으로는 그렇습니다. 에크하르트 백작님과 이스트 상단이 손을 잡았을 가능성이 보입니다.

"차례대로 말해 주세요. 어쩌다가 그런 결론이 나온 건데요?"

― 헨리 연합장님과 아르크스 부연합장님이 연합 근처의 정보상에 정보를 요청하셨습니다. 여기까지는 아시지요?

굳이 대답을 기다리지 않고, 노이만이 말을 이었다.

― 그래서 곧장 조사에 착수했는데, 연합을 염탐하던 자 중 한 명이 이스트 상단에 드나들었다는 것을 확인하고는 제게도 보고가 들어온 겁니다. 아무래도 심상치 않다면서요.

"이스트 상단이랑 무슨 문제라도 있었어요?"

― 표면적으로 문제랄 것은 없었습니다. 하지만…….

말끝을 흐리는 그의 음성에서 아렌트는 뒤이어질 말을

짐작해 냈다.

"언제 문제가 생겨도 이상하지 않았단 말씀이시죠?"

- 네, 아무래도 그렇지요. 이런 말씀드리기 다소 민망합니다만, 이스트 상단의 상단주께서는 제가 독립하는 것도 탐탁잖아 했으니까요.

"흠……."

이스트 상단은 노이만의 본가였다.

'성검의 푸른 기사'에서는 이스트 금고를 지켜 내지 못한 노이만은 상단에서 쫓겨난 뒤, 라이오스의 독려를 받아 노이만 상단을 세웠다.

하지만 아렌트가 개입한 지금은 상황이 달랐다.

'서사를 비튼 게 이런 식으로 돌아왔다는 거지?'

이스트 상단주는 노이만에게 뒤통수라도 한 대 얻어맞은 심정일 것이다.

상단을 벗어나지 못하도록 은근하게 압박을 준 것이 무색하게, 보란 듯이 둥지를 박차고 나간 놈이 이렇게까지 승승장구하고 있으니까.

"계속 이야기해 주세요."

- 아렌트 경계 서류를 발송한 뒤, 본단에서도 조사에 착수했습니다. 알고 보니 최근 이스트 상단 측과 에크하르트 백작가의 무역상이 조용히 계약을 체결했더군요.

"조용하게요?"

- 예, 비밀리에 진행된 겁니다. 다른 상단에도 문의해 보니, 다들 그 사실을 몰랐다고 합니다. 어쩌면 이스트 상단 쪽에서 먼저 에크하르트 백작님께 손을 뻗은 걸지도 모릅니다.

왜 이스트 상단까지 칸 연합을 표적으로 삼았는가.

그 답도 돌이켜 보면 간단했다.

백작은 아르크스를 백작가로 복귀하게 만들어야 했고, 이스트 상단은 노이만 상단을 견제하길 원했다.

각자의 목표가 있는 그들에게는 공통된 방해물이 하나 존재했다.

바로 아렌트였다.

'하지만 이제 와서 날 건드리기는 무섭단 거지.'

아렌트의 뒤에는 황태자가 버티고 있으니까.

그런 생각을 하는 중, 노이만의 착잡한 목소리가 이어졌다.

- 그리고 얼마 전, 이스트 상단이 칸 연합 인근의 건물을 매입한 것을 확인했습니다. 연합을 견제할 상점을 열 목적이겠지요.

이스트 상단의 입장에서는, 아렌트가 노이만 상단주와 자주 왕래하는 것이 분명 거슬렸을 터였다.

그러다 에크하르트 가의 장남이 집에서 뛰쳐나와 연합을 만들었다는 소식이 들려왔다.

아렌트와 아르크스의 사이가 최악이라는 건 유명했지만, 아르크스가 집을 등지는 것을 선택하며 두 사람은 자연스레 왕래를 시작했다.

다른 사람들 눈에는 형제 관계가 회복된 것으로 비쳐도 이상할 것은 없었다.

'그리고 칸 연합은 노이만 상단이 미리 닦아 놓은 길을 따르는 식으로 사업을 확장 중이고.'

그쪽 사업에는 아렌트가 거의 개입하지 않았지만, 이스트 상단주의 눈에는 그리 비치지 않은 모양이었다.

그러니 이스트 상단주는 칸 연합 역시 눈엣가시로 여기게 되고, 마침 아들을 돌아오게 할 방법을 찾던 에크하르트 백작과 손을 잡았다.

대충 예상할 수 있는 시나리오는 이 정도였다.

생각을 정리한 아렌트가 다시 소파에 툭 몸을 기댔다.

"정리하자면, 구질구질하고 치졸한 어른 둘이 손잡고 막 자리 잡기 시작한 애송이들을 쥐어박으려 한다는 거죠?"

- 그…… 틀린 말씀은 아닙니다만…….

노골적인 말에 노이만 상단주가 어색하게 중얼거렸다.

"겸사겸사 백작은 장남을 되찾고, 괘씸한 차남한테 한 방 먹이고. 이스트 상단은 거슬리는 연합을 치워 버리고, 그 뒤에는 노이만 상단주님이나 절 노리겠네요?"

연합을 공략해 봤자, 당장 이스트 상단의 손에 떨어지는 이득은 크지 않다.

분명 이스트 상단주와 에크하르트 백작 사이의 거래는 칸 연합을 견제하는 데만 그치지 않을 것이다.

분명 최종 목표는 노이만 상단의 세를 줄이는 것일 터. 칸 연합은 단지 시작에 불과했다.

- 예, 아마 그럴 겁니다.

노이만 역시 같은 생각이었던 듯 묵묵히 동의했다.

잠깐 생각하던 아렌트가 느긋하게 툭 내뱉었다.

"큰일 났네요."

- 민폐를 끼쳐서 죄송합니다. 제가 정리를 했어야 하는 부분인데…… 이스트 상단 쪽과는 제가 결판을 낼 테니, 경께서는 신경 쓰지 마십시오.

"이분이 뭐라시는 거야. 큰일 난 건 우리가 아니라 그쪽이에요."

- 예?

노이만이 놀란 소리로 화답하자 아렌트가 담백하게 대꾸했다.

"저쪽은 지금 본인들이 감히 누굴 상대로 칼을 겨눴는지도 모르잖아요."

- 아…….

노이만의 입에서 짧은 탄식이 터져 나왔다.

"게다가 시기도 좀 나빠요. 자칫하다가는 일이 더 커질 수도 있을 정도로."

- 시기가 나쁘다는 말씀은?

"이런 장난질에 관대하게 반응해 줄 정도로 상황이 좋지가 않다는 뜻이죠."

잠깐 뜸을 들이던 노이만이 가라앉은 목소리로 물었다.

- ……황궁에 뭔가 변고라도 생겼습니까?

"당장 뭐라 말하지는 못하겠지만, 마냥 평화롭다고도 말 못 하겠네요. 여하튼, 어떻게든 빨리 정리해야 합니다. 칸 연합이 제대로 기능을 할 수 있으려면요."

모호한 대답이었지만 노이만에게는 충분히 뜻이 전해진 듯했다.

노이만이 무거운 목소리로 응답했다.

- 알겠습니다. 저도 각오를 해야겠군요. 폐하와 황태자 전하께 누를 끼칠 수는 없으니까요.

"사람 말을 어디로 들으시는 거예요? 지금 큰일 난 건 저쪽이라니까."

하지만 아렌트는 늘 그랬듯, 시큰둥할 뿐이었다.

"계란으로 바위 치기라는 말을 아십니까? 지금 누가 계란이고, 바위라고 생각해요?"

- 그야…….

노이만이 한순간 말문이 막힌 틈을 타, 아렌트가 빠르게 선수를 쳤다.

"그리고 상식적으로 생각해 보세요. 지금 제가 신경을 안 쓰게 생겼어요? 제 재산 대부분이 노이만 상단 안에 있는 건 누구보다도 잘 아실 테고."

소파에 몸을 툭 기대며 아렌트가 덧붙였다.

"무엇보다 어차피 지금 막지 못하면 결국에는 저한테도 직접 시비를 걸어올 게 뻔하잖아요. 그렇다면 초반부터 싹을 밟아 놓는 게 맞죠."

- 하하…… 정말 아렌트 경다운 말씀이십니다.

그제야 통신구 너머에서도 웃음소리가 돌아왔다.

"상단주님은 어떻게 하실 작정이세요?"

- 예?

갑작스러운 물음에 노이만이 당황해 되물었다.

아렌트는 느긋하게 말을 이었다.

"정보가 이만큼 나올 동안 손 놓고 있으셨을 리는 없고. 뭔가 대책 정도는 생각하셨을 거 아니에요."

- 사실 잘 모르겠습니다. 저만의 일이었다면 직접 찾아가서 항의라도 해 보겠습니다만.

"흠."

노이만이 그답지 않게 힘 빠진 대답을 내어놓았다.

잠시 고민하던 아렌트가 툭 내뱉었다.

"그거 좋네요, 찾아가서 항의하는 거."

― 예?

"어차피 지금쯤이면 이스트 상단주도 정보상이 뭔가 냄새를 맡았다는 낌새를 알아차렸을 거예요."

아렌트의 입가에 미소가 드리웠다.

"그러니까 가서 화를 내시는 것도 좋고, 뭐라도 이야기를 나눠 보시는 게 어때요?"

― 아니, 잠깐. 진심이십니까?

노이만이 제 귀를 의심하며 되물었다.

"당연히 진심이죠. 마음 같아서는 직접 쳐들어가고 싶은데, 아무래도 지금껏 제가 해 먹은 게 많으니 경계할 것 같아서요."

― 하지만 그렇게 행하면 칸 연합과 제가 연관이 있다는 걸 이스트 상단주가 확신하게 될 겁니다만…… 아.

확인하듯 재차 묻던 노이만이 뭔가를 깨닫고는 멈칫했다.

― 그게 목적이신 거군요.

"네, 의심이 확신으로 바뀌면 무슨 행동이든 보이겠죠."

소파에 반쯤 몸을 파묻은 채, 아렌트는 팔락팔락 종이를 넘겼다.

"아직 우리 차례가 아니에요. 일단은 저쪽이 어디까지 재롱을 피우는지 한번 구경이나 해 보자고요. 잘한다, 잘

한다, 하며 맞장구도 좀 쳐 주면서요."

- 그리고요?

"약점을 보이는 순간 박살 내 버리는 거죠."

지나치게 간단한 답이었다.

하지만 노이만 상단주는 거기에 함축된 의미를 알아들었다.

- 때를 노렸다가 응징하시겠다는 말씀이시군요. 두 번 다시 이런 일이 재발하지 않도록.

아직은 아무런 문제도 일어나지 않았으니, 이스트 상단을 저지해 봤자 이대로 흐지부지 넘어갈 뿐이었다.

"맞아요. 좀 더 확실한 게 필요해요. 절대로 발을 빼지 못하게요."

우연이었다, 백작가와 이스트 상단이 계약을 맺은 것은 다른 일 때문이다, 등등.

그들이 댈 수 있는 핑계는 수십 가지였다.

아렌트의 눈이 서늘하게 가라앉았다.

"그러니 두 번 다시 성가시게 굴지 못하도록, 아주 쐐기를 박아 버리자고요."

누군가가 봤다면 몸서리를 쳤을 광경이었지만, 불행인지 다행인지 방 안에는 아렌트 혼자뿐이었다.

하지만 노이만은 통신구를 통해서 섬뜩한 기운을 느낀 모양이었다.

- 그, 아렌트 경?

"왜요?"

- 아니, 아무것도 아닙니다. 그런데…….

뭐라 말하려던 노이만이 망설이듯 말끝을 흐렸다가 조심스럽게 덧붙였다.

- 괜찮으십니까?

뜬금없는 말에 아렌트가 눈썹을 휘었다.

"안 괜찮을 일이 뭐가 있어요? 혹시 이스트 상단이랑 반목하는 게 내키지 않으신다거나, 다른 의견 있으시면 미리 말씀하세요. 들어는 드릴게요."

잠깐의 침묵 뒤, 통신구 너머에서 웃음기를 섞은 다정한 대답이 돌아왔다.

- 아니요, 그럴 리가요. 괜찮으시다면 됐습니다. 다른 정보를 알아내면 다시 연락드릴 테니, 어서 쉬세요. 밤이 늦었습니다.

아렌트는 속으로 한숨을 삼키고는 퉁하니 대답했다.

"상단주님이나 얼른 주무세요. 나이도 생각하셔야지."

- 하하, 알겠습니다. 좋은 밤 되시길.

희미하게 빛나던 통신구에서 빛이 사그라졌다.

통신이 완전히 끊어진 것을 확인한 아렌트는 쯧 혀를 차며 머리칼을 쓸어 올렸다.

"나 참."

모르는 척했지만 노이만의 괜찮냐는 물음이 무슨 뜻인지는 충분히 짐작할 수 있었다.

아버지와 이런 식으로 반목해도 정말 괜찮냐는 의미겠지.

시큰둥한 눈으로 통신구를 응시하던 아렌트는 아까 노이만에게 건넨 말을 혼잣말처럼 반복했다.

"안 괜찮을 게 있나."

그는 그냥 벌러덩 소파에 완전히 드러누워 버렸다.

파견에서 막 돌아온 참에 하루 종일 머리를 굴렸더니 슬슬 피로감이 몰려들었다.

몸에서 힘을 빼고 느리게 눈을 깜빡이고 있자니 화려한 천장이 눈에 들어왔다.

이제는 익숙해진 방이었지만, 고급스러운 벽지가 한순간 낯설게 느껴졌다.

'혈연 운 없는 건 마찬가지인가.'

이 꼴통 견습 기사 놈이나, 자기 자신이나.

쓸데없는 생각이 슬그머니 고개를 들려는 것을, 그는 눈을 감아 버리는 것으로 쉽게 털어 버렸다.

5장. 절대로 건드리면 안 될 사람

절대로 건드리면 안 될 사람

"……그."

한참을 갈등하던 헨리가 간신히 입을 열었다.

"왜 여기에 계시는지?"

늘 사람 좋은 미소를 띠던 입꼬리가 뻣뻣하게 굳어 있었다.

볕이 잘 드는 창가 자리에는 화려한 장식의 찻잔을 손가락에 건 채 느긋하게 다리를 꼰 아렌트가 있었다.

햇빛을 머금은 은발이 유난히도 도드라지게 반짝였다.

"왜요? 제가 못 올 곳 왔어요?"

신경 써서 꾸민 내부를 배경으로 앉은 견습 기사의 모습은 꽤 눈이 즐거워질 만한 광경이었지만, 지금 당장 헨리에게는 속쓰림의 원인밖에 되지 않았다.

그렇지 않아도 눈에 띄는 외모의 소유자였다.

게다가 최근 라이오스 단장과 함께 은근슬쩍 유명해진 탓에, 가게 안 손님들의 시선이 아까부터 아렌트에게서 떨어질 줄을 몰랐다.

그걸 눈치채지 못할 아렌트가 아닌데도, 그는 그저 유유자적 차나 홀짝이고 있을 뿐이었다.

헨리는 슬쩍 몸을 움직여 사람들의 눈길을 차단하고는 어색하게 웃었다.

"오신다고 연락이라도 주셨으면 좋았을 텐데요."

"언제부터 칸 연합이 예약제였어요? 손님 취급이 영 별론데."

"……"

헨리는 차마 뭐라 대꾸해야 할지 알 수가 없었다.

멍하니 천장을 올려다보고 있는데, 아렌트의 맞은편에 앉은 아서가 어색하게 웃으며 고개를 숙였다.

"실례하겠습니다, 연합장님. 이놈이 하는 말은 너무 신경 쓰지 마세요."

헨리는 그제야 조금 침착하게 제대로 된 미소를 지을 수 있었다.

"두 분 다 여기까지는 어쩐 일이십니까?"

"휴가요."

"단장님이 절대로 이놈 혼자 내보내지 말라고 명령하셔서."

아렌트와 아서에게서 각자 다른 대답이 돌아왔다.

헨리는 당장이라도 이마를 짚고 싶은 충동을 억누르느라 다소 애써야만 했다.

"그리고 진짜 몰라서 물으시는 건 아닐 텐데요. 제가 왜 왔는지, 짐작 가시는 바가 정말 없어요? 진심으로?"

"……."

아렌트가 삐딱하게 건넨 말에 헨리가 입을 꾹 다물었다.

그를 한심하다는 듯 쳐다보던 아렌트가 달그락, 찻잔을 내려놓고 명령조로 말했다.

"됐으니 부연합장이나 좀 와 보라고 해요."

"예? 아르크스는 왜……."

"왜냐고요?"

"아닙니다. 불러오겠습니다."

아렌트가 눈을 치뜨자 연합장이 바로 꼬리를 내렸다.

잠시 후, 헨리와 교대한 아르크스가 파랗게 질린 얼굴로 나타났다.

"아렌트, 그게……."

"꽤 보기 좋은 몰골이네요."

그가 뭐라 변명을 내놓기도 전, 아렌트가 선수를 쳤다.

팔짱을 낀 아렌트가 고갯짓으로 아서의 옆자리를 가리켰다.

"앉아요."

"……실례하겠습니다, 아서 경."

"그, 잠깐. 저는 구경 좀 하다가 오겠습니다."

아르크스가 주춤대며 앉으려고 하자 아서가 부리나케 자리에서 일어났다.

그러고는 차마 잡을 새도 없이 빠른 걸음으로 밖으로 도망쳐 버렸다.

아르크스는 허망한 눈으로 멀어지는 아서의 뒷모습을 멀뚱히 볼 뿐이었다.

"뭐 해요? 앉아요."

하지만 멍하니 있을 틈도 그리 길지 않았다.

재차 이어진 재촉에 그는 사형 선고를 당한 죄인의 마음으로 착석했다.

"……."

지독한 침묵이 흘렀다.

아르크스를 앞혀 둔 아렌트는 그저 창밖만 보며 차나 홀짝일 뿐이었다.

창문 바깥으로는 유유히 흰 구름이 흘러갔고, 날씨는 야속할 정도로 좋았다.

게다가 하필이면 손님이 꽤 많은 시간이었다.

부연합장인 아르크스와 아렌트가 한 테이블에 마주 앉아 있다는 것만으로도 모여드는 시선은 아까보다 두 배가 되어 있었다.

덕분에 아르크스는 점점 더 가시방석에 앉은 기분이 되고 있었다.

"그, 아렌트. 이번 일은……."

간신히 아르크스가 운을 떼자 드디어 아렌트가 고개를 돌려 그를 마주 보았다.

특유의 서늘한 황금색 눈동자를 마주한 순간, 아르크스는 말하려던 것도 잊고 몸을 뻣뻣하게 굳히고 말았다.

그리고 잠시 후.

"무슨 일요?"

아르크스는 아무것도 모르겠다는 듯 묻는 아렌트를 보며 경악하고 말았다.

분명 방금까지 싸늘하게 자신을 응시하던 동생이었다.

하지만 지금, 그는 예고 없이 얼굴을 갈아 끼우기라도 한 것처럼 순진하기 그지없는 눈망울로 고개를 갸웃하고 있었다.

"연합에 무슨 일이라도 있었습니까, 형님?"

"……."

빈정거림을 듬뿍 담은 '공자님'도 아니다.

선을 확실하게 긋는 '부연합장님'이라는 호칭도 아니었다.

아렌트는 언제나 그래 왔다는 것처럼 친근하게 말을 붙여 왔다.

그것을 자각한 순간, 그렇지 않아도 좋지 못하던 아르크스의 안색이 순식간에 사색이 됐다.

아렌트는 거기에 한술 더 떠 서운하다는 기색을 내비치며 인상을 구겼다.

"황궁 분위기도 심상찮고, 오랜만에 휴가를 얻어서 얼굴 좀 보려고 왔더니. 왜 이렇게 데면데면하십니까?"

"……내가 잘못한 게 있으면 말을 해라, 제발."

"잘못이요? 잘못이라면 하나하나 셀 수 없을 정도로 많긴 한데."

늘 그랬듯 무심한 표정이긴 했지만, 꼭 남동생이 투정 부리는 것 같은 어조였다.

덕분에 아르크스는 금방이라도 기절할 것 같은 심정이 되고 말았다.

"……."

애써 마음을 가라앉히려 앞에 놓인 과자라도 집어 보려 했지만, 손끝마저 덜덜 떨리고 있었다.

그를 물끄러미 응시하던 아렌트가 짧게 한숨을 내쉬고는 결국 응징을 가했다.

퍽!

테이블 아래로 정강이를 걷어차며 신속하고 정확한 발길질을 선사한 것이다.

"윽!"

아르크스는 저도 모르게 터져 나오려던 비명을 가까스로 삼켰다.

고통을 삭히느라 바들바들 떠는 그의 귀에 대고 아렌트가 조용히 읊조렸다.

"멍청한 티 내지 말고 요령껏 맞장구치시죠. 지켜보는 눈이 많으니까."

"……."

가까스로 신음을 삼키며 아르크스가 급히 고개를 끄덕였다.

아렌트는 그제야 만족하고는 자세를 바로 했다.

빙그레 미소 짓는 얼굴 뒤로 어째선지 눈치 없이 굴면 죽이겠다는 살벌한 경고가 흘러나오는 것 같았다.

그리고 굉장히 역설적으로, 아르크스는 그제야 마음이 조금 편해지는 것을 느꼈다.

정강이는 굉장히 욱신거렸지만.

아렌트가 다시 질문을 던졌다.

"요즘은 좀 괜찮으십니까? 많이 바쁘시다 들었는데. 연합이 제법 번창했네요."

"그…… 괜찮다. 헨리가 연합장으로서 열심히 일해 준 덕분이지."

굉장히 어색했지만, 어찌 됐든 들어 줄 만한 대사가 아르크스에게서 돌아왔다.

아렌트는 고개를 끄덕여 주고는 자연스럽게 화제를 이어 갔다.

"혹시 그 일은 해결되셨습니까?"

"어, 어?"

"아버지께서 사람을 보냈다면서요."

아렌트가 목소리를 낮춰, 하지만 주변 사람들이 귀 기울여 듣는다면 충분히 엿들을 만한 목소리로 대꾸했다.

아르크스는 그제야 동생의 꿍꿍이를 깨달았다.

한참 동안 생각하던 그가 고장 난 인형처럼 더듬더듬 답을 내어놓았다.

"……아니, 아직. 하지만 아버지께도, 그, 생각이 있으시겠지."

마찬가지로 크지 않은 목소리였지만, 염탐한다면야 충분히 들릴 만한 음성이었다.

그 점까지 합해 이번 대사는 그럭저럭 합격이었다.

여전히 긴장한 기색이 역력했지만, 이 초보 연기자는 어떻게든 아렌트의 즉흥극에 맞춰 줄 용의가 있는 것 같았다.

에크하르트 백작이 형제의 입에서 언급되자, 주변 손님들, 즉 관객들의 귀가 쫑긋 세워지는 게 느껴졌다.

노골적이지는 않지만 호기심 가득한 시선이 하나둘 모이는 것을 의식하며 아렌트는 짐짓 심란하게 물었다.

"설마 형님께 돌아오라 말씀하시는 겁니까?"
"모르지. 찾아온 이들은 접촉하지 않고 그냥 돌려보냈으니까."
"그렇군요……."

말끝을 흐리는 것처럼 중얼거리며 아렌트가 시선을 내리깔았다.

그를 가만히 바라보던 아르크스는 곧 자신의 차례라는 것을 알아차렸다.

잠깐 고민하던 그가 천천히 말을 이었다.

"……나는 돌아갈 생각이 전혀 없다. 분명히 말했지만, 나 역시 의절할 각오까지 하고 집을 뛰쳐나온 거다."

이건 꾸며 낸 말이 아닌 진심이었다.

아렌트 역시 그것을 알아차린 듯 테이블로 향했던 눈길을 들어 아르크스를 보았다.

방금까지 평범한 남동생인 양 연기하던 눈동자에 한순간 냉기가 돌아왔다가 곧 사라졌다.

알 수 없는 변화에 아르크스는 조금 의아해졌다.

하지만 그것도 잠시, 아렌트가 투정 부리듯 빈 찻잔을 내밀었다.

"차나 한 잔 더 주세요. 오늘은 근처에서 머물고 갈 예정이니까, 내일도 오겠습니다."

"……그래, 알았다."

아르크스가 얼굴을 굳히고 고개를 끄덕였다.

마치 제 볼일은 이걸로 끝났다는 듯, 아렌트는 아서 쪽을 보았다.

상점 이곳저곳을 기웃거리며 구경하는 척하던 아서가 그와 눈을 마주치고는 고개를 작게 끄덕여 주었다.

* * *

같은 날 오후,

노이만은 오랜만에 찾은 이스트 상단의 본단에서 새삼스러운 기분을 느끼고 있었다.

방문객 입장으로 이 호화로운 응접실에 앉아 본 것은 또 처음이었다.

'……이곳이 이런 분위기였군.'

익숙한 공간을 찬찬히 훑어보는 노이만의 눈이 살짝 가라앉았다.

응접실은 눈 닿는 곳곳 화려하게 치장되어 있었지만, 동시에 그만큼 위압적이기도 했다.

세상 곳곳에서 끌어모은 진귀한 물건들 때문인지 마치 전리품을 늘어놓은 전사의 전시실처럼 보였다.

문득 그는 과거 이스트 상단에 있을 무렵, 상단주가 엘프들과의 무역권을 따내지 못해 아쉬워하던 것을 떠올렸다.

그 증거로 이 응접실에는 이종족의 물건은 단 하나도 찾아볼 수 없었다.

물론 구하고자 마음만 먹었다면 충분히 손에 넣을 수도 있었겠지만, 아무래도 그건 상단주의 자존심이 받아들이지 못한 듯했다.

'그런 분이시지.'

그녀는, 노이만의 하나뿐인 혈육이자 누님은 그런 사람이었다.

사람들을 휘어잡을 줄 알고 이용할 줄도 알았다.

원하는 것이 있다면 무조건 손에 넣고, 그것을 상단의 이익을 위해 활용했다.

품에 낀 것에는 너그럽다.

하지만 감히 자신을 거스르는 이는 용납하지 못했다.

'그리고 지금의 나는 누님을 거스르는 존재겠군.'

이 응접실에 들어올 자격을 잃은 엘프 왕국산 물건과도 같았다.

마중은 물론이고 차 대접조차 없다는 점에서 알 수 있었다.

그녀는 아직 노이만을 경쟁사의 상단주가 아닌, 말 안 듣는 동생으로 취급하는 것이다.

'오히려 다행인가.'

노이만은 자연스럽게 아렌트를 떠올리고 말았다.

아렌트와 그의 부친인 에크하르트 백작은 서로 완벽한 남이자 방해꾼으로 취급하고 있었으니까.

'백작님의 속이야 모를 일이지만.'

적어도 아렌트는 그렇게 받아들이는 듯했다.

그러니 차라리 이런 식으로라도 홀대하며 의사를 표현하는 이스트 상단주 쪽이 좀 더 인간미 있을지도 몰랐다.

고요한 응접실에서 기다리기를 한참.

드디어 반대편에 있는 문이 열리고 한 사람이 모습을 드러냈다.

노이만은 자연스럽게 몸을 일으켜 정중한 인사를 건넸다.

"오랜만에 뵙습니다, 상단주님."

"간만이구나, 노이만."

이스트 상단의 주인, 안젤라 덴 이스트가 고개만 까닥이며 그의 인사를 받았다.

그녀는 노이만의 기억과 크게 달라지지 않은 모습이었다.

서 있는 자세부터 기품이 흘렀고, 불혹을 훌쩍 넘겨 50에 가까워지는 나이에도 단단한 강인함이 느껴졌다.

이스트 상단을 여기까지 이끌어 온 그녀는 노이만에게 있어 평생 거대한 지지대이자 벽이었다.

"이리 마주하니 참 반갑구나. 기껏 쥐여 준 점장 자리도 박차고 나가 버리고 홀로 승승장구하더니, 이제 와 아쉬운 점이라도 생겼니?"

가벼운 웃음기를 담은 말이 흘러들었다.

노이만은 날을 세우는 대신 입가에 푸근한 미소를 지었다.

그러고는 일부러 어깨에서 힘을 뺀 뒤 편안한 자세로 뒷짐을 지었다.

"반겨 주시는 것은 감사할 따름이지만, 누님. 이 나이를 먹고서도 저를 어린아이 취급하시면 곤란합니다."

"……."

노이만의 대응에 안젤라가 의외라는 듯 살짝 고개를 갸웃했다가 이내 작게 웃음을 터뜨렸다.

이스트 상단의 그림자에서 완벽히 벗어난 지금, 노이만은 본격적으로 그녀와 대립할 준비를 마쳤다.

새파랗게 어린 견습 기사가 노이만의 무거운 몸뚱이를 떠밀어 독립의 첫발을 내딛게 해 주었으니, 이제는 그 빚을 갚을 때였다.

안젤라는 자리에 앉지도 않은 채 무표정하게 노이만을 아래위로 훑어보았다.

노이만은 그녀의 시선을 담담하게 받아들이며 침묵을 지켰다.

잠시 후. 안젤라가 피식 웃음을 터뜨렸다.

"그래서, 찾아온 이유가 뭔가요? 노이만 상단주님."

"모르셔서 묻는 건 아니실 텐데요. 어린 청년들이 새로 시작하는 사업에 손을 대려 하시다니. 거상이라는 이름이 울겠습니다, 누님."

노이만이 급할 것 하나 없다는 어조로 건넨 말에 안젤라가 눈썹을 치켜올렸다.

"……말이 제법 노골적이구나, 노이만. 하지만 상계에 어른, 아이가 어디에 있니? 그저 모두가 경쟁자일 뿐이지."

"그리 말씀하시는 것을 보니 딱히 더 숨기실 생각도 없으신 모양이십니다."

"숨기다니? 내가 무얼?"

안젤라가 피식 입꼬리를 올렸다.

그에 노이만이 살짝 목소리를 낮췄다.

"에크하르트 백작과 비밀리에 계약을 주고받으시지 않으셨습니까."

"내가 누구와 계약서를 나누든 굳이 소문낼 필요가 있어? 너야말로 남의 사업을 이리저리 들쑤시는 꼴이 썩 좋아 보이지는 않아."

정보상에 관한 것을 대놓고 비꼬는 말이었다.

"겁 없이 상계에 뛰어든 청년들을 건드리는 거나, 쥐새끼처럼 염탐해서 모은 정보를 파는 거나, 멋없기는 마찬가지 아닌가?"

노이만과 시선을 마주친 안젤라가 비웃음을 터뜨렸다.

"아니면 자처해서 어린애 시종 노릇을 하는 건 꽤 보람 있는 일인가? 나는 잘 모르겠군."

안젤라의 눈이 차갑게 가라앉았다.

그에 반해, 노이만은 여전히 사람 좋은 미소를 띠며 느긋하게 대답할 뿐이었다.

"제법 즐겁습니다. 젊은이를 가까이에 두면 이런저런 상상치 못한 일들을 바로 옆에서 구경할 수도 있거든요. 누님도 어떠십니까? 동참하시겠습니까?"

"미안하지만 거절하겠어. 가출한 애송이를 집으로 돌려보내는 쪽이 좀 더 어른다운 일인 것 같거든."

"어른이 다 옳다고 말씀하시는 건 오만입니다. 젊은이들의 등을 떠밀어 줘야지, 앞길을 막는 것이야말로 어른이 할 일은 아니지요."

반달처럼 휘어진 노이만의 눈동자가 은근한 빛을 냈다.

그의 말속에 있는 뼈를 알아차리지 못할 안젤라가 아니었으나, 그녀는 그저 코웃음만 칠 뿐이었다.

"그런 이야기만 늘어놓을 거면 돌아가렴. 네 쥐새끼 같은 사업도 사업이라면 어린애를 괴롭히는 내 옹졸함 역시 엄연한 사업이란다."

"……정말로 계속하실 겁니까?"

노이만의 어조가 일순간 변했다.

그 변화를 감지한 안젤라가 살며시 미간을 구겼다.

"오히려 내가 하고 싶은 말인데, 노이만. 도대체 왜 이렇게까지 하는 거지? 에크하르트가의 차남에게 부탁이라도 받았나?"

"허……."

노이만이 차가운 웃음을 흘렸다.

날고 기는 이스트 상단의 상단주라도, 당장 내어놓을 수 있는 추측은 고작 그 정도뿐인 모양이었다.

"그렇게 보이십니까?"

"그게 아니면 뭐지? 아렌트 경이 네 독립에 지대한 영향을 끼쳤다는 것은 잘 알아. 그 후로도 사업에 이것저것 참견했다지?"

안젤라의 날카로운 물음에 노이만은 잠깐 침묵했다.

그리고 잠시 후, 그는 자연스럽게 다시 운을 뗐다.

"예, 참 고마운 일 아닙니까? 그 결과는 지금의 노이만 상단이 증명하고 있지요."

오늘 그가 해야 할 일은 안젤라를 막는 것이 아니었다.

오히려 부추긴다면 모를까.

"그러니 막 시작한 연합의 뒤를 봐주는 것쯤이야 그리 어려운 일은 아니지요. 자고로 장사란 주고받음이 아니겠습니까? 그 덕분에 얻은 것이 있으니, 저 역시 내주어야지요."

거짓말은 아렌트의 특기였지만, 노이만 역시 오랫동안

상인으로 살아온 세월이 있었다.

　표정을 꾸며 내는 것은 노이만 역시 제법 자신 있는 분야였다.

"역시 네가 그 애송이들을 돌봐 주고 있었나?"

"돌봐 준다고 할 것도 없었습니다. 하지만 저의 하나뿐인 누님이신 상단주께서 그들을 방해하겠다고 말씀하시니, 제 면이 안 설 수밖에요."

　노이만이 인상을 찌푸렸다.

　마치 그의 말이 진짜인지 가려내 보려는 듯, 안젤라는 한동안 유심히 노이만을 살폈다.

　노이만은 덤덤하게 그 시선을 받아들였다.

　응접실에 한동안 불편한 침묵이 흘렀다.

　그렇게 얼마간의 시간이 흐른 뒤, 안젤라가 먼저 입을 열었다.

"그래서, 나한테 에크하르트 백작과의 거래를 그만두라 말하러 왔나? 그 애송이 기사에게 네 면을 세우기 위해서?"

"그렇습니다."

"웃기지도 않는군."

　안젤라가 가라앉은 눈으로 그를 노려보았다.

"말이 되는 소릴 하렴, 동생아. 난 네가 그리 순진해 빠졌다고 생각하지 않아."

"……."

"너와 나는 장사꾼이지. 네가 그리 쉽게 속내를 드러낼 리가 없어. 다른 목적이 있는 게지?"

역시 이스트 상단을 여기까지 이끈 그녀의 촉은 무시할 만한 것이 못 되었다.

정곡을 찔린 꼴이었지만 노이만은 전혀 동요하지 않고 담담하게 그녀를 마주 보았다.

"글쎄요. 그럴 수도 있고, 아닐 수도 있지요. 딱 하나 확실한 것은, 누님께서 지금 하려는 일이 썩 바람직하지는 않다는 겁니다."

차분한 대답이 돌아오자 안젤라가 인상을 구겼다.

"똑바로 말해."

"이것만은 진심으로 조언해 드리겠습니다. 피를 나눈 정과 그간 돌봐 주신 은혜가 있으니까요."

노이만은 그녀를 가만히 응시하며 또박또박 말했다.

"세상에는 절대로 건드리면 안 될 사람도 있는 법입니다."

"……뭐?"

뜬금없는 말에 안젤라가 살짝 눈살을 찌푸렸다.

"아렌트 경을 의식하시는 것, 잘 압니다. 누님께서도 아렌트 경의 능력과 수완이 어느 정도인지 얼추 짐작하시지 않습니까. 그래서 그를 견제하기 위해 이런 일을 벌이시는 거고요."

"그러니까…… 네가 말하는 건드리면 안 될 사람이, 그 아렌트 경이라는 뜻인가?"

"그렇습니다."

확인하듯 되묻는 안젤라에게 그는 고개를 끄덕여 주었다.

"아렌트 경은 괴물입니다. 아렌트 경의 주변에 있는 까다로운 보호자들도 그분을 감당하기 힘들어하시는지라."

노이만이 빙그레 미소 지었다.

"과연 누님께서 원하는 뜻을 이루실 수 있으실까요. 저는 회의적입니다."

"……"

팔짱을 낀 채 한동안 노이만을 가만히 바라보기만 하던 안젤라가 피식 입꼬리를 올렸다.

"그렇다면 내기할까?"

"어떤 내기 말씀이십니까?"

노이만의 평탄한 물음에 안젤라가 담백하게 답을 내주었다.

"내가 뜻을 이룰 수 있을지, 없을지."

"호오."

뜬금없는 제안에 노이만이 눈을 반짝였다.

"그거 재미있겠군요. 판돈은 뭐가 좋을까요."

"글쎄다……"

짐짓 고민하는 척 말끝을 늘리던 그녀가 이내 눈초리를

휘며 장난스럽게, 하지만 차갑게 덧붙였다.
"내가 성공하면, 네 사업장의 3할을 내게 넘겨."
"이것 참, 욕심도 많으십니다. 하지만 좋습니다. 받아들이겠습니다."
노이만이 빙그레 미소 지으며 고개를 끄덕였다.
"만약 제가 이긴다면 누님은 아렌트 경께 손을 보태 주시는 것으로 하시지요. 어떻습니까?"
예상치 못한 조건에 안젤라가 미간을 찌푸렸다.
"뭐?"
"이스트 상단의 지분 일부를 아렌트 경에게 넘겨주고, 누님도 그와 정식으로 거래하시는 겁니다."
잠깐 할 말을 잃었던 안젤라가 곧 헛웃음을 터뜨렸다.
"정말 어처구니가 없군. 네 사업 3할의 가치는 고작 그 정도인가?"
"그 3할도 아렌트 경이 없었더라면 존재하지 않았을 테니까요. 그리고 잘 생각하시는 것이 좋습니다, 누님."
노이만이 눈을 가늘게 떴다.
"저는 지는 내기는 하지 않습니다."
"……."
그에게서는 한 치의 거짓도 보이지 않았다.
자신의 승리를 확신하는 노이만의 눈동자는 그저 올곧기만 했다.

결국 안젤라는 먼저 피식 웃음을 터뜨리고 말았다.

"……뭐, 좋아. 받아들이지. 나중에 사람을 시켜서 네 상단으로 내기 각서를 보내겠어."

"그렇게까지 하지 않으셔도 됩니다만. 좋습니다. 이런 것일수록 확실히 해야겠지요."

거절하는 척하며 노이만이 고개를 끄덕였다.

"저는 지금부터 누님을 방해하기 위해 온갖 수를 사용할 겁니다."

"나는 집 나간 탕아를 아버지 품에 돌려보낼 준비를 해야겠군."

두 상단주의 눈이 허공에서 마주쳤다.

그리고 거의 동시에, 노이만과 안젤라는 입가에 곡선을 드리웠다.

* * *

그날 저녁, 칸 연합 인근의 여관.

방 안에서 노이만에게서 보고를 들은 아렌트가 진심 가득한 의문을 입 밖으로 꺼내고 말았다.

"……상단주님, 혹시 미치셨나요?"

- 허허, 그러니 잘 부탁드립니다. 이미 각서에 양측 서명까지 마친 상태라 물릴 수도 없고, 자칫하다간 정보상

을 고스란히 누님께 빼앗길지도 모르니까요.

통신구 너머에서 들려오는 평탄한 대답에 아렌트는 할 말을 잃어버리고 말았다.

침대에 걸터앉아 그들의 대화를 듣던 아서가 한마디 내뱉었다.

"네 악영향이 이제는 상단주님께도 마수를 뻗쳤구나."

"아니……."

이스트 상단주를 부추기란 지령은 훌륭히 완수되었다. 하지만 이건 좀 지나치지 않은가?

아렌트가 황망히 눈을 깜빡이고 있는 틈을 타, 노이만이 재빨리 덧붙였다.

- 일단은 저와 칸 연합이 연관되었다는 것을 확신하도록 만들었습니다. 일이 이렇게 되었으니 누님도 의심하지는 않을 겁니다.

"……."

당연히 의심 안 하겠지. 그런 내기를 걸었는데.

그런 말이 목 끝까지 치솟아 오르는 것을, 아렌트는 억지로 눌러 담았다.

- 그렇게 되었으니, 잘 부탁드립니다. 저 역시 이제 온 힘을 다해 아렌트 경을 도울 명분이 생겼군요. 이 점은 솔직히 기쁩니다.

통신구 너머에서 들리는 목소리는 확실히 즐거워 보였다.

아렌트가 미처 아무런 대답도 하지 못하는 사이, 노이만은 멋대로 대화를 정리해 버렸다.

- 지금은 연합에 계신다고 들었습니다. 혹시 필요한 게 있으시다면 언제든지 말씀해 주시고, 좋은 밤 되시길 바랍니다.

"아니, 잠깐만요. 상단주님!"

뚝.

아렌트는 통신이 끊어진 통신구를 황당하게 바라보았다.

하지만 빛이 꺼진 통신구가 다시 반짝이는 일은 없었다.

노이만에게 상인다운 승부사 기질이 있다는 건 알고 있었지만, 설마 이 정도일 줄은 몰랐다.

아렌트는 한숨을 푹 내쉬며 통신구를 내려놓았다.

지켜보던 아서가 밉살맞게 말했다.

"네 업보려니 생각해. 그나저나 노이만 상단주님, 역시 대단하시네. 널 당황하게 만드시다니."

"조용히 해요. 쯧, 집안싸움이 여기까지 올 줄이야."

에크하르트 백작 역시 일이 이렇게 되었다는 걸 알면 분명 뒷목을 잡을 것이다.

하지만 어찌 됐든 이스트 상단주도, 에크하르트 백작도 더 이상 발을 빼지는 못하게 됐으니 목적은 달성한 셈이었다.

"아까 사람들은 확인했어요?"

절대로 건드리면 안 될 사람 〈231〉

아렌트가 화제를 돌리자 아서가 가볍게 고개를 끄덕여 주었다.

"다들 진귀한 볼거리라도 본 것처럼 굴던데."

"수상한 사람은요?"

"있었어. 두 명. 연합 상점 안에서는 서로 모르는 척하다가 밖에 나가서 합류하더라고."

아르크스가 봤다는 백작가의 인물 외에도 숨어든 사람이 있었던 것이다.

"얼굴 기억했어요?"

"당연하지."

"뒤는 제대로 밟았고요?"

"정보상 쪽에 부탁했어. 지금쯤이면 어디로 갔는지 알아냈을걸."

역시나, 굳이 지시하지 않아도 뭘 해야 하는지 잘 아는 아서였다.

아렌트가 자리에서 몸을 일으키자 아서는 근처에 대충 걸쳐 놨던 겉옷을 집어 던져 주었다.

"오늘 수확이 없으면 내일도 공자님이 그 꼴을 당해야 하나 생각했는데, 그게 아니라서 다행이야."

"왜요? 본인이 그토록 원한 동생 노릇 해 줬는데."

턱.

공중에서 옷을 잡아챈 아렌트가 시큰둥하게 대꾸했다.

"그게 문제라고, 그게."
"까다롭기는."
시답잖은 대화를 나누며 두 사람은 나란히 방을 나섰다.
으슥하게 깊은 밤.
낮 동안 맑았던 하늘에 구름이 몰려와 달조차 보이지 않았다.
즉, 나쁜 짓 하기 딱 좋은 환경이라는 뜻이었다.

인적이 드문 외곽에 위치한 여관.
보고를 마치고 돌아온 두 남자가 무거운 로브를 벗어 들고 의자에 대충 걸터앉았다.
"상단주님께서도 걱정이 과하시군."
프레데릭이 한탄처럼 중얼거리자 알렉이 인상을 찌푸렸다.
"매사에 신중하신 거다."
"알아, 안다고. 그래도 설마 형제 사이를 의심하실 줄은 몰랐지."
두 사람은 이스트 상단의 심부름꾼이었다.
아렌트가 휴가를 맞이해 칸 연합 쪽으로 간다는 소식이 이스트 상단으로 흘러들었다.
상단주는 정보를 접한 즉시 연합 쪽으로 사람을 보냈다.

마침 근처 분점에 머물고 있던지라, 그들은 황궁에서 출발한 아렌트 일행보다 더 빨리 도착할 수 있었다.

"역시 사이가 꽤 좋아진 것 같지 않나? 황궁에서는 그리 살벌하게 싸워 댔다더니."

"나란히 아버지에게 반항하고 집에서 뛰쳐나왔잖아. 불화의 원인이 에크하르트 백작에게 있었던 거라면, 지금 와서 서로 날 세울 필요는 없지."

고개를 끄덕이는 알렉에게 프레데릭이 다시 물었다.

"그럼 우리는 이대로 복귀하면 되는 거지? 알아낼 것도 얼추 다 캐낸 것 같은데."

"그래, 내일 철수하자. 괜히 오래 머물렀다가는 의심만 사지. 아무것도 못 건졌다면 몰라, 여기서 굳이 더 위험을 감수할 필요는 없지."

형제 사이가 생각보다 나쁘지 않다는 것도 확인했다.

그리고 연합 일에 아렌트가 개입하고 있다는 것도 기정사실화할 수 있게 되었다.

아무리 어려도 상대는 황실 기사단이었다.

오늘은 운 좋게 걸리지 않았다지만, 내일도 얼쩡거렸다가는 염탐하는 걸 들킬지도 몰랐다.

프레데릭이 흡족하게 미소 지었다.

"그러면 좀 눈이나 붙였다가 해 뜨자마자 가면 되겠군."

"이미 보고도 마쳤으니 느긋하게 가면 될 거야."
"보고? 누구한테 했는데?"
그때, 낯선 목소리가 불쑥 두 사람의 대화에 끼어들었다.
"……."
"……."
프레데릭과 알렉이 반사적으로 입을 다물었다.
몇 초간 지옥 같은 침묵이 흐르고.
소스라치게 놀란 두 사람이 벌떡 몸을 일으켰다.
그 기세에 의자가 뒤로 넘어져 바닥을 나뒹굴었지만, 미처 그것을 신경 쓸 여력은 없었다.
낯익은 청년이 창문 밖에서 손을 살랑살랑 흔들며 존재감을 드러냈다.
머릿속이 새하얘진 탓에 미처 비명을 지를 생각도 하지 못했다.
프레데릭이 먼저 창문에 여유롭게 매달린 젊은이의 얼굴을 알아보았다.
"……아, 아서, 노버트?"
뒤이어 에릭이 마치 귀신이라도 본 것처럼 중얼거렸다.
"여, 여기 3층인데……."
"에이 씨, 지만 편한 길로 오고. 나쁜 새끼."
그걸 들었는지 못 들었는지, 아서는 짜증스럽게 투덜거리며 방 안으로 쑥 상체를 들이밀었다.

"창문 밟고 올라오느라 옷만 더러워졌잖아."

방 안에 사뿐히 착지하는 그를 저지할 생각도 하지 못한 채, 두 사람은 꼭 괴물이라도 본 것처럼 주춤 뒤로 물러섰다.

그때, 이번에는 문 쪽에서 목소리가 들려왔다.

"어쩔 수 없어요. 저는 곱게 자라서 그런 품위 없는 짓이랑은 별로 안 어울리거든요."

두 사람의 고개가 소리가 난 쪽으로 휙 돌아갔다.

이번에야말로 그들의 얼굴이 백지장처럼 질렸다.

잊으려야 잊을 수 없는 오늘의 염탐 상대가 무표정한 얼굴로 문을 가로막은 채 서 있었다.

프레데릭이 저도 모르게 덜덜 떨리는 턱을 달싹였다.

"아, 아렌트 폰 에크하르트……."

"지랄한다."

아렌트를 곱지 않은 눈으로 쏘아보며 아서가 욕을 내뱉었다.

하지만 아렌트는 들은 척도 하지 않고 두 사람을 향해 먼저 말을 건넸다.

"좋은 밤이지? 달도 안 뜨고, 한 치 앞도 안 보이게 캄캄하네. 너네들 미래처럼."

"언, 언제……?"

마구 흔들리는 동공을 어찌하지 못한 채 에릭이 중얼거

리자, 아렌트가 인상을 찌푸렸다.

"설마 언제 온 거냐고 물을 생각은 아니지? 우리가 누군지는 너희가 더 잘 알 텐데."

쿵.

문을 발로 밀어서 닫은 아렌트가 성큼 방 안으로 들어왔다.

아서 역시 창문을 닫고 프레데릭과 에릭을 향해 가까이 다가왔다.

"이미 보고는 다 했으니 복귀하기만 하면 된다면서? 누구한테 뭘 보고했는데? 그것참, 궁금하네."

"……."

두 사람은 사색이 된 채 서로 시선만 교환할 뿐이었다.

탈출구는 완전히 막혔다.

애초에 황실 기사단 소속의 두 사람을 따돌리고 도망치는 것은 불가능한 일이었다.

그렇다면 선택지는 딱 두 개뿐이었다.

침묵하거나, 거짓으로 둘러대거나.

염탐한 것이 들켰다는 사실이 상단주의 귀에 들어가면 그들은 끝장이었다.

생각을 마친 에릭이 간신히 입을 열었다.

"……우리가 뭘 했다고 이러는 거요? 사람이 쉬는 방에 다짜고짜 침입하다니, 너무 무례한 것 아니오?"

"무례?"

아렌트가 고개를 살짝 기울였다.

"쥐새끼처럼 대화를 엿들어 놓고는 감히 나한테 무례하다고 지껄이는 건가, 지금?"

"엿, 엿들었다는 증거 있소?"

에릭이 더듬더듬 반박했지만, 당연히 씨알도 먹힐 리 없었다.

"증거가 없으면 뭐 어때서. 내가 그렇다는데."

"……."

그렇게 나오면 할 말이 없었다.

말문이 막힌 에릭이 얼어 버린 사이, 그제야 정신을 차린 프레데릭이 나섰다.

"그, 그게 무슨 소립니까? 다짜고짜 사람을 염탐꾼으로 몰아가는 게 어디 있습니까?"

"야."

하지만 곧장 돌아온 서늘한 음성에 그 역시 뻣뻣하게 굳어 버렸다.

지독하게 차가운 눈동자가 그를 조용히 응시하고 있었다.

"내가 장난하는 걸로 보여? 누가 보냈냐고."

한 치의 흔들림 없는 황금색 눈동자가 마치 온몸을 옭아매는 것 같았다.

쿵.

뒤이어 들린 육중한 소음에, 두 사람이 흠칫하며 아서를 보았다.

그가 검집에 꽂힌 검을 바닥에 내리찍는 소리였다.

아서가 음산하게 읊조렸다.

"말로 할 때 이야기하는 게 좋을걸. 황실 기사단에 항명한 죄는 결코 가볍지 않다."

"……."

놀란 거북이처럼 목을 쑥 집어넣은 두 사람은 서로 눈치만 살피기 시작했다.

황실 기사단은 두렵다.

하지만 이스트 상단주도 두려웠다.

둘 중 어느 쪽을 골라도 망하는 건 마찬가지였다.

그들이 한참을 우물쭈물하자 아렌트가 다시 입을 열었다.

"좋아. 말할 생각 없다, 이거군."

"……."

"딱 30초 준다. 그 안에 대답 안 하면 너희는 제국 안보를 위협한 죄로 감옥에 처박힐 줄 알아."

"예에?"

프레데릭과 에릭의 눈이 튀어나올 것처럼 커졌다.

아렌트가 태연하게 말을 이었다.

절대로 건드리면 안 될 사람 〈239〉

"이 흉흉한 시국에 황실 기사단의, 특히 내 뒤를 밟고 대화를 엿들을 상대는 딱 하나밖에 생각이 안 나서 말이야."

"……."

"순순히 대답하지 않을 시, 너희 둘 다 악신교의 끄나풀로 간주하겠다. 앞으로 12초 남았어."

두 사람이 소리 없이 경악했다.

지금 악신교의 끄나풀로 몰리면 당장 사형대에 올라도 전혀 이상하지 않을 판이었다.

아니, 사형대에 오르기도 전, 눈앞에 있는 기사들의 검에 죽어도 할 말 없었다.

그렇지 않아도 이들은 라이오스 단장의 곁에서 가장 암약하는 기사들이었다.

그들이 두 사람을 소리 소문 없이 죽이고 악신교의 잔당을 처리했다고 말해 버리면 누구도 의문을 표하지 않을 것이다.

당연히 이스트 상단의 상단주도 따로 해명해 주지 않을 테고.

아렌트가 무표정한 얼굴로 천천히 숫자를 거꾸로 세기 시작했다.

"10, 9, 8……."

"이, 이스트 상단! 이스트 상단입니다!"

누가 먼저랄 것 없이 새된 비명이 터져 나왔다.

알렉이 허둥지둥 말을 쏟아 냈다.

"악, 악신교라니요! 당치도 않습니다! 무슨 그런 말씀을!"

"거짓은 아닙니다! 누구 앞이라고 저희가 거짓말을 하겠습니까?"

거기에 질세라 프레데릭도 손까지 휘휘 내저으며 새하얗게 질린 얼굴로 토설했다.

아렌트는 숫자 세는 것을 멈추고는 무심한 얼굴로 제 앞의 두 남자를 물끄러미 바라보았다.

그들은 잔뜩 긴장한 채 아렌트의 눈치를 살폈다.

마치 판결을 기다리는 죄인들 같은 모습이었다.

한참 후. 아렌트가 툭 내뱉었다.

"내가 그 말을 어떻게 믿지?"

"예에?!"

상상도 못 한 대답이 돌아오자 얼빠진 소리가 저절로 튀어나왔다.

팔짱을 낀 아렌트가 삐딱하게 서서 되물었다.

"내가 그걸 어떻게 믿냐고. 뭐, 증명할 방법이라도 있어?"

"아, 아니, 방금 솔직하게 말하라고 하셨잖습니까?"

퍼뜩 정신을 차린 에릭이 억울하게 항변했지만, 아렌트는 끄떡하지 않았다.

"그랬지. 하지만 그게 네놈들이 거짓말을 안 했다는 증거가 될 수 있나?"

 이 모든 수작을 뒤에서 지켜보던 아서의 입에서 감탄사가 튀어나왔다.

 "이야…… 진짜 성깔 죽인다……."

 사람 속을 뒤집는 놈의 신묘한 재주는 봐도 봐도 새로웠다.

* * *

 결국 두 사람은 이스트 상단 소속이라는 것을 증명하는 신분패까지 꺼내 보이고 나서야 간신히 목을 지킬 수 있었다.

 프레데릭과 에릭은 각자 자신의 패를 아렌트에게 건네준 채 바닥에 주저앉아 숨을 헐떡거렸다.

 방금 보낸 십몇 분이, 두 사람에게는 지금껏 살아온 날들 중 가장 모공이 송연해지는 시간이었다.

 "……뭐, 좋아."

 신분패를 유심히 살펴보는 척하던 아렌트가 드디어 고개를 끄덕여 주었다.

 식은땀 범벅이 된 두 사람의 얼굴에도 미소가 피어나려는 찰나.

 아렌트는 손에 넣은 신분패를 돌려주는 대신 아서에게

던져 주었다.

 그것을 안정적으로 받아 낸 아서는 자연스럽게 품 안으로 갈무리했다.

 미처 상황 판단을 하지 못한 두 사람이 어버버, 하며 아서와 아렌트를 번갈아 보았다.

 아서가 동정 어린 눈으로 그들에게 말했다.

 "그러게, 건드릴 사람을 건드렸어야지."

 "……."

 끼기긱, 아서를 보던 에릭과 프레데릭의 고개가 억지로 아렌트를 향해 돌아갔다.

 눈이 마주치자마자 아렌트가 심드렁하게 말했다.

 "이걸 돌려받을 방법은 두 가지가 있어. 아, 신분패를 포기하고 도망치면 예쁘게 포장해서 내가 직접 이스트 상단 본단에 보낼 거다."

 "……."

 "상단주님 반응이 궁금하지? 한번 해 볼까?"

 "아니요, 아닙니다! 절대로 아닙니다! 안 궁금합니다!"

 두 염탐꾼이 비명을 내지르며 열심히 도리질했다.

 아렌트는 흡족하게 고개를 끄덕였다.

 "좋아, 그렇다면 처음에 말한 두 가지 방법으로 돌아가지. 첫 번째. 우리랑 싸워 이겨서 강탈한다."

 "……."

"그게 말이 되는 소리냐, 라고 말하는 것 같은 표정인데. 눈 예쁘게 안 떠?"

저도 모르게 질린 시선을 보내던 이들이 급하게 눈을 깔았다.

"그리고 두 번째. 아마 이쪽이 너희들한테 좀 더 편할 거야."

그 말에 그들은 약간의 희망을 가지고서 슬그머니 고개를 들었다.

아렌트는 여전히 특유의 무표정으로 두 사람을 내려다보고 있었다.

누군가를 깔보는 데에 최적화된, 성격 나쁜 귀족가 도련님의 표본 같은 모습이었다.

"내일 오후, 손님이 제일 많을 시간에 칸 연합으로 와."

그 말을 제대로 이해하지 못한 에릭이 멍청하게 눈을 끔뻑이다 되물었다.

"……예?"

"그러면 신분패를 돌려주지. 어차피 이스트 상단으로 내일 중으로만 복귀하면 되는 거 아냐?"

악신교까지 들먹인 것치고는 생각보다 별거 아닌 요구사항이었다.

멀뚱히 서로 시선을 교환하던 프레데릭과 에릭은 이내 얼떨떨하게 고개를 끄덕였다.

그 작은 행동이 어떤 결과를 불러올지는, 당연히 두 사람 다 미처 예상치 못했다.

칸 연합은 오늘도 호황이었다.
최근 주방에 화덕까지 설치해 차와 잘 어울리는 빵과 과자도 직접 만들어 팔기 시작하자 손님이 더욱 늘었다.
연합장 헨리 루 란슬롯의 탁월한 사업 안목과 부연합장 아르크스의 꼼꼼한 운영이 맞물리며 최고의 결과를 낸 것이다.
거기에 란슬롯 공작의 후원까지 더해졌으니, 실패할 리 없는 사업이라는 것이 세간의 평가였다.
두 젊은이의 급성장을 곱게 보지 않는 이들이야 분명 있었겠지만, 뒤에 공작이 버티고 있으니 불만을 표할 수도 없었다.
평소에도 많은 사람이 드나드는 곳이었다.
그러니 프레데릭과 알렉 역시 아무런 거리낌 없이 몇 번 드나들곤 했다.
하지만 오늘만큼은 둘 다 긴장한 기색을 감추지 못하고 있었다.
연합의 문 앞을 서성거리던 에릭이 괜히 프레데릭의 옆구리를 푹 찔렀다.
"……어색하게 굴지 마, 멍청아."

"제길, 나도 알고 있으니까 닥쳐!"

프레데릭이 목소리를 잔뜩 낮춰 으르렁거렸다.

창문 너머로 보이는 연합 내부는 오늘도 사람이 복작거렸다.

지시받은 대로 손님이 가장 많을 시간에 왔으니 당연한 일이었다.

저 안에 어제 본 두 젊은 기사 역시 있을 것이다.

그걸 떠올리니 목이 바싹바싹 타들어 갔다.

에릭은 욱하는 감정을 미처 가라앉히지 못하고 이를 북 갈았다.

"그 미친 기사…… 도대체 목적이 뭐지?"

"다른 건 모르겠지만, 제정신이 아니라는 것 하나는 확실해."

미치지 않고서야, 다짜고짜 악신교의 끄나풀로 몰아가겠다며 협박해 댈 수가 있을까.

금방이라도 검을 뽑아 들 기세로 거기에 동조하던 아서 역시 제정신으로 보이지 않는 것은 마찬가지였다.

"휴우……."

심란한 생각을 머릿속으로 이리저리 굴리던 그들은 동시에 한숨을 푹 내쉬었다.

지금 투덜거려 봤자 달라질 게 없다는 사실을 깨달은 것이다.

최대한 어깨를 쫙 펴며 자연스러움을 가장한 그들은 나란히 연합 안에 들어섰다.

두 사람을 눈여겨보는 사람은 아무도 없었다.

그 사실에 안심하며 사람들을 눈으로 훑었지만, 그들은 익숙한 은발을 한눈에 찾는 데 실패했다.

프레데릭이 멀뚱히 눈을 깜빡였다.

"······없잖아?"

"일단 좀 기다려 보자."

연합에 도착한 뒤 구체적으로 뭘 하라는 지시는 없었다.

눈치를 보던 프레데릭이 작게 속삭였다.

"야, 그냥 튀면 안 되냐?"

"멍청아, 상단주님한테 죽고 싶어? 실수한 데다 신분패까지 빼앗겼다는 게 들키면 우린 그냥 잘리는 걸론 안 끝나."

에릭이 사납게 으르렁거렸다.

이렇게 된 이상 얼른 신분패를 돌려받고 철수한 뒤 상단에 상황을 알리는 수밖에 없었다.

물론 괴팍하다 소문난 견습 기사가 순순히 신분패를 내주지는 않겠지만, 적당히 눈치를 보다가 신분패만 회수한 뒤 몸을 뺄 생각이었다.

아렌트를 찾으려 주변을 두리번거리던 프레데릭은 문득 한 지점에서 시선을 멈췄다.

절대로 건드리면 안 될 사람 〈247〉

"야."

프레데릭이 곁에 선 에릭의 팔을 잡아끌었다.

"왜?"

"저거 치안대 아냐?"

그 말에 에릭 역시 프레데릭이 가리키는 쪽으로 고개를 돌렸다.

그의 말대로 치안대 제복 차림의 두 사람이 심각한 얼굴로 누군가와 대화를 나누고 있었다.

대화 상대는 다름 아닌 헨리 연합장이었다.

헨리 옆에는 두 사람이 찾던 상대인 아렌트와 아서가 있었다.

"어?"

두 사람은 저도 모르게 얼빠진 소리를 냈다.

거기에 반응한 아렌트가 고개를 돌렸고, 곧 프레데릭과 에릭을 발견했다.

"……!"

유리알 같은 황금색 눈동자와 마주친 순간, 그들은 반사적으로 몸을 뻣뻣하게 굳히고 말았다.

아렌트는 슬쩍 미소 짓고는 헨리와 치안대원을 자신 쪽으로 가까이 다가오게 했다.

무슨 대화를 나누는지는 전혀 들리지 않았다.

다만 헨리와 아서가 마치 꺼림칙한 것을 피하듯 슬쩍

뒤로 물러서는 것만 눈에 들어왔을 뿐이었다.

잠시 후, 덩치 큰 치안대원들의 시선이 에릭과 프레데릭에게 꽂혔다.

미처 두 사람이 그것을 알아차릴 새도 없이, 치안대원들이 사람들 사이를 헤치고 성큼성큼 걸어오기 시작했다.

"잠깐 거기, 우리 좀 보지."

멀뚱히 눈을 끔뻑이던 에릭이 한 박자 늦게 인상을 찌푸렸다.

"뭐?"

착각이 아니었다.

치안대원들은 똑바로 두 사람을 향해 다가오고 있었다.

치안대원의 목소리에 사람들의 시선이 하나둘씩 모이기 시작했다.

갑작스러운 상황에 멀뚱히 선 프레데릭과 에릭의 앞에 대원들이 멈춘 순간, 유난히도 선명한 미성이 차를 마시던 손님들의 귓가에 파고들었다.

"맞아, 그놈들이야. 어제 내가 본 도둑. 감옥에 잠깐 처박아 놔. 나중에 직접 심문하러 갈 테니."

아렌트가 대원들에게 내린 명령이었다.

도둑.

그 한 단어가 어안이 벙벙한 머릿속에 치고 들어왔다.

"······잠깐, 뭐?"

절대로 건드리면 안 될 사람 〈249〉

'도둑'이 자신들을 지칭한다는 사실을 깨달은 순간, 치안대원들이 두 남자의 팔을 억세게 붙들었다.

"예, 아렌트 경! 분부대로 하겠습니다!"

"심려치 마시길! 지엄한 법대로 다스리겠습니다!"

"뭐, 뭐? 잠깐만, 뭐라고?"

에릭의 입에서 멍청한 소리가 터져 나온 것과 동시에 프레데릭 역시 비명을 질렀다.

"도둑? 도둑이라고? 아니, 왜?"

"얌전히 따라오기나 해. 감히 휴가 나오신 기사님들을 성가시게 만들다니. 대가는 확실히 치르게 될 거다."

하지만 황실 기사단에게 직접 독려받았다는 영광에 취한 치안대원들의 귀에는 동네 개 짖는 소리 정도로밖에 들리지 않는 것 같았다.

"잠, 잠깐만요, 아렌트 경! 이게 무슨 경우입니까! 도둑이라뇨! 잠깐. 이거 좀 놔 봐, 이 멍청이들아!"

머릿속이 새하얘진 그들이 고래고래 고함을 지르기 시작했다.

"얘기 좀 들어 주십시오! 잠깐만요! 아렌트 경! 왜 이러시는 겁니까!?"

하지만 아렌트는 들은 척도 하지 않았다.

이내 두 사람이 완전히 밖으로 끌려 나가고 악을 쓰는 소리 역시 멀어졌다.

탁.

문이 닫히고 소음이 완전히 차단되었다.

그리고 연합에는 때아닌 정적이 찾아들었다.

갑작스러운 상황에 놀란 손님들은 차마 숨조차 크게 쉬지 못했다.

모두가 굳어 버린 그때, 아렌트가 가장 먼저 움직였다.

"……."

자연스레 손님들의 시선이 그에게 고정되었다.

모두가 지켜보는 가운데 성큼성큼 걸음을 옮긴 그는, 방금 치안대원들이 실랑이를 벌인 곳에서 우뚝 멈춰 섰다.

그러고는 자연스럽게 허리를 숙여 바닥을 한번 쓸었다가 자세를 곧게 폈다.

방금 주워 든 작은 패를 확인하듯 앞뒤로 살펴보던 아렌트가 아서를 쳐다보며 입을 열었다.

"선배, 놈들이 신분패를 떨어뜨린 모양인데요?"

자신은 정말 아무것도 모른다는 듯, 자연스러운 연기였다.

고개를 갸웃하던 아렌트는 손에 든 신분패의 글자를 확인하고는 소리 내어서 읽었다.

"이스트 상단, 에릭 마제스…… 잠깐, 이스트 상단?"

"……!"

술렁.

한순간 조용하던 내부가 동요하기 시작했다.

잠깐 생각에 잠긴 듯 그 자리에 서 있던 아렌트가 이내 쯧 혀를 찼다.

"아무래도 단순 절도 사건이 아닌 것 같은데……."

일부러 모두가 들으라는 듯 읊조린 아렌트는 신분패를 주머니에 쏙 넣고는 아서와 헨리 곁으로 돌아갔다.

"이 신분패는 이따가 치안대에 전해 주겠습니다. 고생하셨어요, 연합장님. 형님께도 도둑 문제는 잘 해결되었다고 전해 주세요."

헨리에게 말하는 것 같았지만, 청자는 다름 아닌 연합을 가득 채운 손님과 상인들이었다.

"……."

연합장과 아서는 그에게 노골적으로 질렸다는 시선을 보냈다.

아렌트는 뭐 문제라도 있냐는 듯 뻔뻔하게 그들을 마주 봐 주었다.

저 신분패는 다름 아닌, 전날 밤 아렌트가 그들에게서 직접 강탈한 물건이었다.

하지만 사람들이 그것을 알 리는 없었다.

"잠깐만, 이스트 상단이라고?"

"이스트 상단 사람이 왜 여기에서 도둑질을 하나?"

당장 눈앞에서 벌어진 자극적인 장면에 손님들은 저들

끼리 수군대느라 정신이 없었다.

개중 몇몇은 급하게 짐을 싸 들고 연합에서 빠져나가기도 했다.

자신이 소속된 상단에 이 사태를 알리려는 이들이었다.

순식간에 연합의 분위기가 바뀐 것을 본 헨리가 어색하게 미소 지었다.

"……진짜 대단하십니다, 아렌트 경."

얼핏 들으면 금세 도둑을 잡아낸 것에 대한 찬사 같았지만, 실상은 조금 달랐다.

곁에서 아서가 질색하며 대답했다.

"그냥 대놓고 말씀하셔도 됩니다. 진짜 또라이 같다고."

"……."

안타깝게도 헨리는 그 말을 부정하지 못했다.

동조한 아서 역시 아렌트와 크게 다를 바 없다고도 말하고 싶었지만, 연합장은 어떻게든 꾹 눌러 담았다.

조만간 이스트 상단이 칸 연합에 사람을 보냈고, 그들이 물건을 훔치다 들켜서 치안대에 끌려갔다는 소문이 쫙 퍼질 것이다.

즉, 아렌트는 이스트 상단주에게 정면으로 도발을 건 것이다.

그것도 상단주의 얼굴에 대놓고 진흙탕을 뿌리는 방식으로.

* * *

"이게…… 이게 도대체……."

에릭이 손톱을 물어뜯으며 초조하게 중얼거렸다.

물론 신분패를 쉽게 돌려받을 거란 안일한 생각은 추호도 하지 않았다.

그렇다고 해서 다짜고짜 도둑으로 몰려 감옥에 처박힐 거라곤 전혀 예상치 못한 그들이었다.

치안대의 지하 감옥에 끌려 들어간 뒤 듣게 된 사건의 전말은 이랬다.

아르크스 부연합장이 장부와 재고가 맞지 않다는 것을 확인하고는 마침 방문한 동생에게 도움을 청했다.

치안대가 확인한 결과, 진짜로 장부와 재고가 맞지 않는 지점이 있었다.

그리고 아렌트는 수상하게 연합을 얼쩡거리는 놈이 있었다며, 프레데릭과 에릭을 지목했다.

어쩌면 이놈들이 또 올지도 모른단 아렌트의 말에 헨리 연합장은 치안대에 도움을 청했다.

그렇게 치안대원들은 묻지도 따지지도 않고 두 사람을 체포해 버린 것이다.

당연한 일이었다.

황실 소속 기사의 말을 일개 치안대원이 거역한다는 건 불가능한 일이니까.

이 모든 건 아렌트 폰 에크하르트가 꾸민 함정이라는 뜻이었다.

"진짜 미친…… 미친 거 아냐? 그 기사는?"

마침 같은 생각을 한 건지 프레데릭이 머리를 쥐어뜯으며 중얼거렸다.

"이럴 수가 있나? 아니, 이래도 돼? 아무리 우리가 개 같은 짓거리를 했다지만, 이건 좀 아니지 않나?"

그때, 창살 너머에서 퉁한 목소리가 돌아왔다.

"안 될 건 뭐 있어. 다 하면 돼."

악몽과도 같은 목소리였다.

두 사람은 가시에 찔리기라도 한 것처럼 그 자리에서 벌떡 튀어 올랐다.

감옥 앞을 지키던 치안대원은 어디론가 가 버리고, 어느새 그 자리에 아렌트 폰 에크하르트가 삐딱한 자세로 서 있었다.

"감옥도 제법 아늑하지? 나도 갇혀 본 적 있는데, 그렇게 나쁘지만은 않더라고."

"……도대체 이게 무슨 짓입니까?"

허망하게 서 있던 에릭이 간신히 입을 열자 아렌트가 고개를 기울였다.

"뭐 하는 짓이긴. 너네 상단주 엿 먹이는 짓이지."

"……."

뭐 그리 당연한 걸 묻냐는 듯한 얼굴을 보고 있자니 속에 천불이 날 것 같았다.

하지만 차마 황실 기사단이라는 상대방의 신분이, 그리고 사로잡힌 자신들의 처지가 치솟아 오르는 욕설을 곧이곧대로 쏟아 낼 수 없게 만들었다.

"이건 가져가고."

뭐라 형언할 수 없는 표정으로 자신을 쏘아보는 두 사람에게, 아렌트는 품에서 신분패를 꺼내 던져 주었다.

툭.

쓸모를 잃은 신분패 두 개가 형편없이 감옥 바닥을 굴렀다.

에릭은 차마 그것을 주울 생각도 하지 못한 채 한동안 쏘아보기만 했다.

한참 뒤, 그는 분을 억누르지 못하고 이를 부득 갈아붙였다.

"……물론 저희도 떳떳지 못한 짓을 했습니다. 하지만 그렇다고 이렇게까지 하셔야 합니까?"

"……."

이번에는 아무런 대꾸도 돌아오지 않았다.

다시 고개를 든 에릭이 그를 새파랗게 노려보며 버럭

외쳤다.

"기사라는 이름이 부끄럽지 않으십니까? 우리는 단지 명령을 받아 움직였을 뿐인데, 협박에 이어 누명까지……."

"내가 왜 부끄러워해야 하지?"

하지만 그가 말을 다 끝맺기도 전, 퉁명스러운 답이 돌아왔다.

에릭과 프레데릭은 아연실색해 창살 너머의 견습 기사를 보았다.

아렌트는 그 시선을 당당하게 받아들이며 툭 내뱉었다.

"기사가 일 잘하고 싸움 잘하면 그만이지. 안 그래도 바빠 죽겠는데, 내가 너희 같은 멍청이들한테 아량까지 베풀어야 하나? 그런 호구 같은 짓은 우리 단장이나 실컷 하라 그래. 보다시피 난 단장님이랑 일 처리 방식이 좀 달라서."

"……."

"불만 있으면 네가 황실 기사단 하던가."

쐐기를 박는 한마디에 두 사람은 저항할 기력을 모두 잃어버리고 말았다.

상대가 상식이 통하지 않는 미친놈이라는 것을 뼈저리게 체감한 탓이었다.

6장. 세상에서 제일 치사한 족속

세상에서 제일 치사한 족속

 두 사람의 투지를 완벽하게 빼앗은 아렌트가 언제나 그랬듯 느긋하게 입을 열었다.
 "그럼 슬슬 대화를 나눠 볼까. 이야기할 준비 덜된 사람?"
 "……한 가지 여쭤봐도 됩니까?"
 에릭이 힘이 쭉 빠진 목소리로 중얼거리는 말에 아렌트가 고개를 까닥였다.
 "허락하지."
 "장부와 재고가 맞지 않는 부분이 실제로 있었다고 들었습니다. 그건 거짓말입니까?"
 두 사람을 체포한 치안대가 했던 말이었다.
 아렌트는 어깨를 으쓱했다.
 "아니, 진짠데."

"예?"

"딱히 대단한 게 있는 건 아니고. 사흘 치 장부를 죄다 새로 썼을 뿐이야."

에릭과 프레데릭이 입을 쩍 벌렸다.

"직, 직접…… 하신 겁니까?"

"내가 미쳤어? 그 귀찮은 짓을 하게. 부연합장 시켰지."

갑자기 장부를 갈아엎으라는 주문을 받은 부연합장이 하마터면 과로사할 뻔하긴 했지만, 그건 아렌트가 알 바 아니었다.

두 사람은 완전히 넋이 나가 버렸다.

도대체 어디부터 지적해야 할지 알 수가 없던 탓이었다.

고작 이 짓을 벌이겠다고 사흘 치 판매 장부를 전부 조작한 것도 기가 막힐 노릇이었다.

와중에 부연합장을 손가락 끝으로 부려 먹는 것도 어이가 없었고, 동생이 시킨다고 이런 짓을 곧이곧대로 이행하는 아르크스도 황당했다.

게다가 모든 것을 묵인한 연합장과, 아렌트의 동행이었던 아서까지.

이 상황의 주도권을 누가 틀어쥐고 있는지 확실해지는 순간이었다.

"어쨌든…… 이스트 상단주가 갑자기 시비를 걸어와서 난 지금 안 해도 될 일을 하는 중이고, 덕분에 기분이 썩 좋지는 않단 말이지. 그러니까 묻는 말에 잘 대답하는 게 좋을 거야."

"……."

무심한 듯 차가운 목소리가 그들을 상념에서 깨웠다.

잠깐 딴생각에 빠졌던 두 사람이 마른침을 꿀꺽 삼켰다. 자신들이 지금 어떤 처지인지 다시금 자각한 것이다.

"아직은 장부만 만졌는데, 혹시 또 모르지. 네놈들이 범인이라는 증거가 또 어디에서 더 튀어나올지."

"……."

"명심해. 대답 잘 안 하면 한동안 감옥에서 말라비틀어진 빵만 처먹게 될 거야."

기사라는 자가 당당히 증거를 조작하겠다고 선언하는 것도 황당한 일이었지만, 지금 새삼 그 점을 걸고 넘어질 용기는 없었다.

그들이 허둥지둥 고개를 끄덕이자 아렌트가 만족스레 입을 열었다.

"좋아, 염탐꾼이 너희 둘만 있지는 않을 것 같은데. 이스트 상단도 따로 조사원 정도는 두고 있지? 규모는 어느 정도야?"

"……노이만 상단의 정보상 정도는 아니지만, 비슷한 인원이 있습니다."

에릭이 눈을 내리깔고 대답했다.

"그중 칸 연합을 주시하는 인원은?"

"사람이 매번 교체되어서 정확하게 파악하긴 어렵지만, 대충 열두어 명 정도로 알고 있습니다."

이번에는 프레데릭이 웅얼거리듯 답을 내주자 아렌트의 미간이 살며시 찌푸려졌다.

열둘이라.

생각보다 많은 인원이었다.

"위치는? 효율적으로 움직이려면 한데 모아 놨을 텐데."

"맞습니다. 근처 지점에 따로 감시를 위한 전담 인원이 상주합니다."

이제 완전히 포기해 버린 건지, 에릭이 순순히 고개를 주억거렸다.

"일주일 단위로 교대합니다. 특정 인물이 너무 자주 드나들다가 들키면 곤란하니까요."

이스트 상단의 감시망은 생각보다 체계적이었다.

아마 원작 소설에서는 그것을 기반으로 정보상을 열었을 것이다.

하지만 이번에는 노이만이 선수를 쳐 버렸으니, 이스트 상단주에게는 그것 또한 제법 속 쓰린 일이 됐을 테고.

잠깐 생각하던 아렌트가 다시 질문을 던졌다.

"이스트 상단주는 정보전에 능해?"

"그렇습니다. 정확히는…… 그랬던 적이 있었습니다.

하지만 지금은 노이만 상단의 정보상에 밀려 그 이점을 잃어버리게 되셨죠."

프레데릭의 대답에 아렌트가 고개를 끄덕였다.

"아하, 그래서 상단주님이 갑자기 이를 갈기 시작한 거군."

두 사람은 굳이 부정하지 않는 것으로 대답을 대신했다.

노이만의 독립으로 그렇잖아도 불만에 차 있던 이스트 상단주였다.

그러던 와중에 노이만 상단의 정보상이 크게 성공하며 예기치 못한 손해를 입은 것이다.

지금껏 자신이 독점해 오던 정보들이 노이만 상단의 매대에 올라 돈으로 거래되기 시작했으니까.

이스트 상단주가 이런 일을 벌인 진정한 동기가 정보상 쪽에 있다면, 다음으로 그녀가 취할 행동 역시 대충 짐작할 수 있었다.

생각을 마친 아렌트가 곧 화제를 돌려 버렸다.

"밤이 깊으면 풀어 주라고 치안대 정보원에게 전해 뒀어. 그때 알아서 돌아가도록."

"예?"

갑작스러운 말에 그들이 멍청하게 되물었다.

아렌트는 어깨를 으쓱하며 간단하게 덧붙여 주었다.

"또 험한 꼴 당하기 싫으면 다음 일자리는 신중하게 구해. 간다. 만나서 더러웠고 다시는 보지 말자."

손을 휘저어 준 아렌트는 아무런 미련도 없이 지하 감옥에서 빠져나갔다.

저벅, 저벅.

멀어지는 발소리를 멍청히 들으며 그들은 한동안 눈만 깜빡였다.

얼마간 시간이 흐른 뒤.

프레데릭이 저도 모르게 중얼거렸다.

"만나서 더러웠다는 건 이쪽이 할 말이라고······."

뒤이어 알렉이 허망하게 읊조렸다.

"······그냥 이직할까?"

"그러자······."

프레데릭이 조용히 동의했다.

* * *

이스트 상단에서 보낸 이들이 칸 연합에서 도둑질을 하려다 체포당했다.

그 소문은 칸 연합을 방문했던 상인들의 입을 타고 빠르게 퍼져 나갔다.

도둑질은 오해였다는 소식이 곧 들려왔지만, 중요한 것은 그게 아니었다.

이스트 상단에서 칸 연합으로 염탐꾼을 보냈다는 사실

이 일파만파 알려지며 이스트 상단의 명예가 땅에 떨어지기 시작한 것이다.

모든 소식을 전해 들은 이스트 상단의 상단주 안젤라는 화려한 소파에 앉아 관자놀이를 꾹꾹 주무르기만 했다.

막 보고를 올린 비서는 잔뜩 긴장한 채 그녀의 눈치를 살폈다.

한참 뒤, 그녀가 입을 열었다.

"치안대에 끌려갔던 머저리들은 어떻게 됐다고?"

"아무 일도 없이 그날 밤 풀려났다고 합니다. 그러고는 보고를 올린 뒤에 바로 사표를 던졌다고……."

비서가 기어들어 가는 목소리로 답을 내주었다.

상단을 벗어나 버린 이상, 그들을 응징하는 것도 불가능한 일이 되어 버렸다.

그 사실에 한없이 분노가 치솟으면서도, 한편으로는 도대체 무슨 꼴을 당했기에 돌연 허둥지둥 도망치듯 나가 버리는지 오히려 궁금해지기도 했다.

또 얼마간의 시간이 흐른 뒤, 안젤라가 툭 내뱉었다.

"그 견습 기사는 정말 제정신이 아닌 건가?"

딱히 답을 바라고 꺼낸 물음이 아니라는 것을 잘 아는 비서가 입을 꾹 다물었다.

안젤라가 헛웃음을 터뜨렸다.

"비범하다는 건 인정해야겠어. 정말 어처구니가 없군.

설마 이런 식으로 반격해 올 줄은."

이건 명백한 도발이고 선전 포고였다.

하찮은 수작질은 이미 간파했으니, 어디 한번 다른 수를 내어 보라는 오만한 비웃음이기도 했다.

안젤라의 눈치를 살피던 비서가 조심스럽게 말했다.

"일단 아렌트 경이 연합에 깊이 관여했다는 것은 확실해진 듯합니다."

"그렇지."

그것 하나만큼은 유의미한 수확이라고 해도 괜찮을 것 같았다.

게다가 이번 일이 마냥 나쁜 것만은 아니었다.

그 애송이 기사는 치명적인 실수를 저질렀다.

적대 관계에 있는 사업장에 염탐꾼을 보내는 것은 상인들 사이의 관례 같은 일이었다.

이 일이 수면 위로 올라왔다 하더라도 당장 크게 잃을 것은 없었다.

면전에 진흙이 튀긴 했지만, 상인으로 살아온 지난 긴 세월 동안 좋은 사람으로만 지내는 것은 불가능했다.

비겁하다고 손가락질하는 이들이 있더라도, 결국에는 돈과 힘이 모든 것을 말해 주는 법이었다.

"……서신을 보낼 준비를 해. 그리고 에크하르트 백작에게 통신을 연결하도록."

"네?"

그녀의 말에 비서가 눈을 동그랗게 떴다.

하지만 그게 주제넘은 짓이라는 것을 깨달았는지, 비서는 곧 고개를 푹 숙였다.

"네, 바로 준비하겠습니다."

비서가 집무실을 벗어나고, 혼자 남은 안젤라는 손가락의 반지를 만지작거리며 생각에 잠겼다.

어린애들에게는 미안한 노릇이었지만, 먼저 도발당한 이상 손속에 자비를 둘 필요는 없었다.

* * *

일주일 후.

황궁에 돌아와 있던 아렌트에게 칸 연합으로부터의 연락이 날아들었다.

"손님이 줄었다고요?"

- 네, 그렇습니다. 차와 다과를 즐기러 오시는 분들은 그대로지만, 도매 거래를 청하는 상인의 수가 줄었습니다.

통신구 너머에서 헨리의 대답이 돌아왔다.

침착함을 가장하고 있었지만 평소보다 빠른 어조에서 초조함이 묻어났다.

"흐음, 유치한 짓을 하네요. 그리고요?"

소파에 몸을 푹 기대며 아렌트가 무심히 묻자 헨리가 착잡한 음성으로 대답했다.

- 무역상들이 납품하는 차의 품질도 떨어졌습니다. 전부 다는 아닙니다만, 같은 가격에 하등품이 섞여 들어오는 식입니다.

"수입품은요?"

- ……그쪽도 마찬가지입니다.

잠깐 뜸을 들이던 헨리가 목소리를 약간 낮춰 대답했다.

아렌트는 거기에서 함축된 의미를 읽을 수 있었다.

"제 추측이 옳다면, 에크하르트 백작가 쪽에 터를 잡은 무역상을 거쳐 오는 찻잎들에 문제가 생겼을 것 같은데. 맞나요?"

- 네, 맞습니다.

곱게 자란 티가 나는 얼굴을 구기는 헨리의 모습이 눈에 선했다.

아마 아르크스 역시 무표정한 얼굴에 침울함을 가득 드리우고 있을 게 분명했다.

"어때요? 수습 가능한 정도예요?"

- 당장 문을 닫아야 할 정도는 아닙니다만, 손해를 꽤 입었습니다.

하등품을 그대로 팔 수는 없으니 가격을 대폭 내리거나 그대로 처분해 버린 것이다.

"손해는 걱정하지 말고 계속 그렇게 해요. 조금이라도 이상한 건 절대로 매대에 올리지 마시고."

- 하지만…….

"어차피 방법은 많아요."

헨리가 뭐라 반박하려 했지만 아렌트가 간단히 그 입을 막아 버렸다.

"여차하면 제국에서 제일 돈 많은 사람한테 뜯으면 되니까요. 지금 우리가 누구 때문에 이 고생을 한다고 생각해요?"

제국에서 제일 돈 많은 사람이란, 곧 황태자를 지칭하는 거였다.

황태자의 주머니를 털겠다는 당당한 선언에 연합장은 한동안 말을 잇지 못했다.

그러는 사이, 아렌트가 다시 운을 뗐다.

"손해 따위 신경 쓰지 마세요. 마르지 않는 황금 샘이 있는 것처럼 돈지랄을 한다는 마음가짐으로. 알겠어요? 물건은 최대한 상등품으로만 유지해요. 차 공수 건은 노이만 상단을 통하면 어떻게든 될 거예요. 설마 노이만 상단을 거치는 물건에까지 장난질할 생각은 못 할 테니까."

- 그으…… 알겠습니다. 그렇게 하겠습니다.

심란하게 말꼬리를 늘리던 헨리가 결국 수긍했다.

"아, 그리고 폐기한 차는 버리지 말고 어디다 잘 쌓아 놓으세요. 차에 장난질한 상단이랑 갑자기 거래를 끊은 상인들의 명단도 잘 기록해 두고. 노이만 상단 정보상 쪽에도 넘겨요. 그러면 바로 노이만 상단주님께도 전달될 테니까요."

- 기록은 전부 해 두었습니다. 곧장 전달하겠습니다.

잠깐 망설이던 헨리가 다시 입을 열었다.

- 하지만 매출이 현저히 떨어지게 된 것은 사실입니다. 황태자 전하의 후원을 받을 수 있다고는 하지만, 당장 눈에 보이는 성과가 없는 이상 연합은 제 기능을 하지 못할 텐데…….

손님이 줄었는데도 연합이 휘청거리는 기색을 보이지 않는다면 분명 의심의 눈길이 모일 것이다.

헨리가 걱정하는 부분은 이거였다.

하지만 아렌트는 단호했다.

"연합장님은 그냥 하던 대로만 하세요. 아직은 그 걱정할 단계가 아니에요."

- 또 무슨 일이 더 벌어진다는 겁니까?

"화초처럼 곱게 자란 공자님은 상상도 못 할 치사한 짓이 아직 남아 있거든요."

- 그, 곱게 자란 건 아렌트 경께서도 마찬가지…….

"뭐라고요?"

- 아닙니다.

아렌트가 슬쩍 말꼬리를 올리자 헨리가 단박에 항복했다.

연합장이 닫히자 아렌트는 평탄하게 덧붙였다.

"어쨌든 무슨 일이 벌어져도 너무 당황하지 마세요. 저쪽이 슬슬 반격해 올 때가 됐거든요."

- 일단은…… 알겠습니다.

여전히 납득하지 못한 듯했지만, 헨리는 일단 그렇게 대답했다.

통신이 끊어진 후, 아렌트는 빛이 사그라진 통신구를 물끄러미 보며 한마디 툭 내뱉었다.

"곧 알게 될 텐데, 성급하긴."

그의 입가에 비릿한 미소가 드리웠다.

이 빌어먹을 연극의 한 가지 장점을 꼽자면, 발을 동동 구르는 관객의 반응을 바로 옆에서 구경할 수 있다는 점이었다.

아직까지는 지리멸렬한 싸움의 서막에 불과했다.

하지만 며칠 내로 상대방이 비장의 한 수를 내보일 거란 사실은 자명했다.

그리고 아렌트는 딱 3일 뒤, 제 추측이 정확히 맞아떨어졌다는 것을 확인할 수 있었다.

이스트 상단이 칸 연합을 염탐했다는 소문에 뒤이어,

칸 연합의 차 품질이 급격히 떨어졌다는 소식이 일파만파 퍼지기 시작한 것이다.

황태자의 집무실.
칸타레스와 란슬롯 공작, 그리고 아렌트와 이 사태에 죄책감을 느끼는 라이오스까지 한자리에 모였다.
"……."
"……."
어색한 침묵이 흐르는 가운데, 제레온이 조심스럽게 그들 앞에 차와 다과를 놓아 주었다.
미리 준비해 온 두통약과 위장약을 잘 챙기는 것도 잊지 않았다.
관자놀이만 꾹꾹 누르던 칸타레스가 한참 만에 입을 열었다.
"……야."
"왜요?"
한 치의 망설임도 없이 맹랑한 대답이 돌아왔다.
칸타레스가 고개를 들고 허망한 눈으로 아렌트를 보았다.
"왜요? 너 지금 왜요, 라는 말이 나와?"
"나오는데요?"
하지만 아렌트는 뻔뻔했다.
울컥한 칸타레스는 습관처럼 던질 물건을 찾아 손을 뻗

다가 곧 란슬롯 공작이 함께 있다는 것을 자각하고는 간신히 자제했다.

대신 어디에도 향하지 못한 주먹을 꽉 말아 쥐고는 으르렁거리듯 물었다.

"……야, 이게 뭐 하자는 거냐? 지금 황궁에 무슨 말이 도는지 알아?"

"당연히 알아요. 어때요? 재밌으시죠?"

"재밌겠냐? 재밌겠냐고!"

하지만 그 인내가 무색하게, 결국 황태자는 폭발하고 말았다.

칸타레스는 벌떡 일어날 기세로 버럭버럭 고함을 치기 시작했다.

"이렇게 시선을 끌어모아서 뭐 어쩌자는 거야, 미친놈아!"

"잠깐, 전하. 진정하시지요. 남이 듣겠습니다……!"

란슬롯 공작이 급하게 황태자를 만류하자 제레온이 슬쩍 끼어들었다.

"괜찮습니다. 조만간 이런 일이 생기지 않을까 해서, 얼마 전에 음파 차단 마법을 한 겹 더 설치했으니까요."

"……"

순간 란슬롯 공작은 그 말에 어떻게 반응해야 할지 몰라 오묘한 표정을 지었다.

잠시 후, 공작은 황태자를 붙잡으려던 손을 슬그머니

거뒀다.

화라도 내야지, 아니면 황제 자리를 이어받기도 전에 황태자의 위장에 구멍이 뚫리고 말 것을 깨달았기 때문이었다.

"이스트 상단이랑 칸 연합이 멱살 잡고 싸운다는 이야기가 내 귀에까지 들린다고! 사이 안 좋다고 제국에 광고라도 하는 거냐?"

"왜 이렇게 소심해졌어요? 예전에는 귀족들 엿 먹이기에 진심이시더니."

"남 엿 먹이는 거야 그렇지, 지금 자칫하다간 내가 엿을 처먹게 생겼다고!"

황태자와 견습 기사가 벌이는 말싸움에 란슬롯 공작과 라이오스는 그저 초점 잃은 눈으로 허공을 볼 뿐이었다.

라이오스가 조용히 읊조렸다.

"보좌관님."

"네?"

"잘하셨습니다."

진지하기 그지없는 칭찬에 제레온이 쓴 미소를 지었다.

이 대화가 밖으로 새어 나갔다간 칸 연합의 비밀이 들통나기 전에 황태자의 체통에 큰 문제가 생길 것 같았다.

"그런 의미에서 돈 좀 보태 주세요. 연합장님이 손해가 이만저만이 아니라고 걱정하시던데."

"그렇게 받아 놓고 반절쯤은 네 주머니에 쑤셔 넣을 거잖아! 내가 모를 줄 아냐?"

"수고비 모르십니까, 수고비?"

점점 사태가 악화되자 라이오스가 짧게 한숨을 내쉬고 주먹을 쥐었다.

잠시 후.

퍽!

"악!"

호되게 뒤통수를 한 대 얻어맞고 나서야 아렌트가 입을 다물었다.

라이오스가 대신 응징해 준 덕에 칸타레스 역시 조금 진정한 것 같았다.

그 틈을 놓치지 않고 공작이 재빨리 화제를 돌렸다.

"나도 전하의 말씀에 동의하네, 아렌트 경. 이건 너무 위험한 일이야. 이스트 상단은 쉬운 상대가 아니고, 게다가 이런 식으로 연합이 수면 위로 드러나는 것은 바람직하지 못해."

"끙…… 어째서 그렇게 생각하시는데요?"

맞은 곳을 쓰다듬으며 아렌트가 불만스럽게 고개를 들었다.

"제가 전에도 말씀드린 적 있을 텐데요. 관심은 어떤

식으로든 모여 있으면 있을수록 활용 가치가 높다고."

관심을 모으는 데는 확실히 성공했다.

칸 연합에 잠입했던 염탐꾼이 물건을 절도하다 망신당하고 쫓겨난 것을 시작으로, 연합과 이스트 상단의 진흙탕 싸움은 최근 사람들의 가장 큰 관심사가 되었으니까.

거기까지는 다른 사람들도 상정했던 수준이었다.

하지만 그들이 절도범이 아니었고, 현장에 아렌트가 함께 있었다는 게 알려지며 여론이 다소 묘하게 흘러가기 시작했다.

아렌트가 일부러 그들을 도둑으로 몰아 이스트 상단에 복수한 게 아니냐는, 상당히 사실에 근접한 소문이 도는 것이다.

평소 알려진 아렌트의 성정 때문인지 다들 제법 신빙성이 있다고 받아들이는 분위기였다.

지금 칸타레스의 속을 박박 긁는 원인이 바로 그거였다.

다른 사람의 입에서 이 소식을 전해 듣고는 기겁하며 당장 아렌트를 불러들인 그였다.

마찬가지로 부하에게서 연합의 일에 대해 듣게 된 란슬롯 공작 역시 급하게 황태자의 집무실을 방문했고, 이 모든 사태에 책임감을 느낀 라이오스가 아렌트와 동행하며 이 별난 조합의 회의가 성립된 것이다.

"하아……."

한숨을 푹 내쉰 칸타레스가 미간을 꾹꾹 눌렀다.

"이스트 상단 쪽에서 일부러 말을 흘렸겠지."

"아렌트 경의 명예를 실추시키려는 목적도 있었겠지요. 하지만……."

란슬롯 공작이 말끝을 흐리며 슬쩍 아렌트를 보았다.

그와 눈을 마주친 아렌트가 어깨를 으쓱했다.

"해 보라 그래요."

개자식이 개자식답게 굴었다는데 새삼 놀랄 사람은 아무도 없었다.

이스트 상단이 염탐을 보냈다는 사실이 크게 문제가 되지 않은 것과 비슷한 흐름이었다.

"칸 연합의 차 품질이 갑자기 떨어진 이유가 뭐겠어요? 이스트 상단 쪽에서 수작을 부렸겠죠. 다른 사람들도 바보가 아닌 이상 모두 알아차렸을 거예요."

아렌트가 과자 하나를 집으며 말을 이었다.

"서로 한 대씩 주고받은 거니 나쁘지 않아요. 따지고 보면 카드 게임이랑 비슷한 거예요."

"패를 하나씩 내보인다는 건가?"

화를 내는 데에도 염증을 느낀 황태자가 힘없이 물었다.

입에 과자를 쏙 넣은 아렌트가 고개를 끄덕여 주었다.

"그런 셈이죠. 잘못된 패를 내는 순간 다 망해 버리는 도박이라고 하면 되려나."

"고상하게 묘사하는데 미안하네만, 머리채 잡고 난장판 싸움을 벌이는 걸로밖에 안 보이는데."

란슬롯 공작이 헛웃음을 터뜨리며 첨언했다.

기사란 자는 염탐꾼에게 누명을 씌웠고, 거기에 열받은 거상은 젊은이들의 장사를 본격적으로 방해하기 시작했다.

서로를 까 내리고 물어뜯기에 여념이 없는, 그야말로 완벽한 개싸움이었다.

"맞아요. 사실 본질은 그쪽이라고 봐야 합니다."

아렌트가 가뿐히 고개를 끄덕였다.

"패를 깔수록 진흙탕에 스스로 머리를 처박으면서 누가 더 더럽고 치사한지 경쟁하는 거예요. 지는 사람은 세간에서 먼지가 되도록 까이는 걸로. 어때요? 재밌겠죠?"

"……."

저놈은 지금이라도 직업을 바꿔야 하는 게 아닌가.

세 사람이 동시에 떠올린 생각이었다.

"……문제는 아까 전하께서 말씀하신 대로, 칸 연합 쪽에 너무 많은 시선이 모였다는 겁니다."

짧게 한숨을 내쉰 라이오스가 자연스럽게 화제를 돌렸다.

"당분간은 괜찮겠지만 누군가가 이상한 낌새라도 눈치채면 곤란해질 것이 분명합니다. 이스트 상단의 상단주는 절대로 만만히 볼 인물이 아닙니다."

손해를 입거나 명예가 실추되는 것은 다음 문제였다.

이스트 상단이 칸 연합의 정체를 알아차리는 순간, 지금껏 쌓아 온 모든 것이 휘청거리게 될지도 몰랐다.

라이오스는 아렌트를 슬쩍 보았다.

"네 성격이라면 당연히 이 점도 고려했을 거라 생각한다만."

"그러니 더욱 지저분하게 싸워야죠. 설마 이 더럽고 치사한 싸움 뒤에 고매하신 황태자 전하의 보물 창고가 걸려 있다는 게 들키지 않도록."

담백하게 대답한 아렌트의 입가에 씨익 장난스러운 미소가 걸렸다.

"뭐, 보시면 알 거예요."

"……."

그를 지켜보던 이들이 일제히 입을 다물었다.

이따금 볼 수 있는, 못된 장난질을 꾸밀 때의 미소였다.

그리고 언제나 아렌트의 '장난질'은 엄청난 파장을 몰고 오곤 했다.

아렌트가 흥얼거리듯 덧붙였다.

"아직 멀었어요. 능구렁이 한 마리가 굴에서 안 나왔거든요."

그때까지는 좀 더 이 순간을 즐겨 둘 생각이었다.

황태자가 조용히 감탄사를 흘렸다.

"진짜 성격 나쁜 새끼."

"이제는 새삼스럽지도 않습니다."

뒤이어 라이오스 역시 조용히 맞장구치며 아렌트를 보았다.

한 박자 늦게 자신을 주시하는 시선을 알아차린 아렌트가 고개를 돌렸다.

"왜 그렇게 봐요?"

"……다 좋은데, 살살 해라."

잠깐 뜸을 들이던 라이오스가 당부하듯 말했다.

늘 듣던 말에 아렌트는 대꾸하는 대신 어깨만 으쓱해 보일 뿐이었다.

* * *

그날 저녁.

방으로 돌아와 보니 노이만 상단에서 보낸 어마어마한 양의 서류들이 쌓여 있었다.

책상 옆에 한가득 놓인 서류를 확인한 아렌트가 짧게

감탄을 흘렸다.

"역시 빠르시다니까."

아무래도 노이만 역시 눈코 뜰 새 없이 바쁘게 일하고 있는 것 같았다.

사안이 사안인 만큼 어쩔 수 없는 노릇이었지만.

아렌트는 겉옷을 벗어 소파에 던져두고는 곧장 자리에 앉았다.

방 안에 정적이 흘렀다.

이따금 아렌트가 종이를 넘기는 소리만이 조용한 공기에 스며들 뿐이었다.

취침 시간이 한참 지나, 바깥에서도 느껴지는 기척이 없었다.

자연스레 모든 신경을 자료 분석에 집중하던 그때.

똑똑.

침묵을 깨는 노크에 아렌트가 흠칫 놀라 고개를 들었다.

뒤이어 대답도 기다리지 않고 문이 열리더니 라이오스가 불쑥 모습을 드러냈다.

"역시나 안 자고 있었군."

"……."

불청객의 정체를 확인한 아렌트가 눈썹을 치켜올렸다.

"그건 제가 할 말인데. 왜 갑자기 쳐들어오고 그러십니까?"

"살살 하라고 했는데, 아까 보니 귓등으로도 안 듣는 것 같아서."

이번에도 예상을 빗나가는 대답이 돌아왔다.

라이오스가 그런 말을 한 적이 있었던가?

잠깐 고민하던 아렌트는 곧 황태자의 집무실에서 짧게 오간 대화를 떠올렸다.

"……그거 나한테 한 소리였어요?"

"그럼 뭐라고 알아들었지?"

"살살 두들겨 패라고 하는 줄 알았죠."

단장이 어이없이 되묻는 말에 아렌트가 입을 비죽이며 대꾸했다.

라이오스는 한숨을 삼키며 문을 닫고 성큼 안으로 들어왔다.

"들어오라고 한 적 없는데요?"

"단장 마음이야. 그건 다 뭐지?"

익숙한 핀잔은 이제 그냥 대충 흘려 넘겨 버렸다.

아렌트는 영 마음에 들지 않는다는 얼굴을 하면서 답을 내주었다.

"칸 연합과 갑자기 거래를 끊은 상단 목록이랑, 그 녀석들 뒷조사…… 기타 등등이요."

라이오스는 서류철 하나를 집어 대충 훑어보았다.

각 상단의 기본적인 정보와 더불어 온갖 시시콜콜한 정

보들까지 모두 기록되어 있었다.

자잘한 글씨들에서 눈을 뗀 라이오스가 다시 아렌트를 보았다.

"안에서부터 칠 생각인가?"

"아직은 모르죠. 상황을 봐서 정하겠지만, 일단은 그게 제일 유효한 방법이라곤 생각해요."

"그렇군."

가타부타하는 대신, 라이오스는 종이를 다시 원래 자리로 되돌려 놓았다.

그의 새파란 눈동자가 방 내부를 훑어보았다.

아렌트의 방을 제대로 살펴보는 것은 처음이었다.

깔끔한 성격답게 꼭 필요한 물건 이외에는 거의 보이지 않았다.

'예전에는 사치품을 제법 좋아하는 것 같았지만.'

최근에는 취미가 보석 수집에서 괴짜 수집으로 바뀐 것 같기도 했다.

어느 쪽이 더 이롭고 해로운지는 사실 잘 모를 일이었지만.

"그래서 용건이 뭔데요?"

잠깐 상념에 잠겨 있는데, 아렌트의 짜증스러운 목소리가 그의 정신을 현실로 돌려놓았다.

"용건 없으면 슬슬 나가 주시죠. 저 바쁘거든요."

"용건, 있지."

라이오스는 반항심 그득한 눈으로 자신을 올려다보는 아렌트에게 짧게 내뱉었다.

"자라."

"네?"

순간 제 귀를 의심하며 아렌트가 눈썹을 휘었다.

라이오스는 담담하게 덧붙였다.

"며칠째 계속 소파에서 눈만 잠깐씩 붙이고 철야 중인 거 다 안다. 자."

"……바쁘다는 소리 못 들으셨습니까?"

"내일 근무 빼 줄 테니 해 뜨고 해."

아렌트가 황당하게 말했지만, 라이오스는 듣는 척도 하지 않았다.

설상가상으로 그는 손을 뻗어 책상 위에 놓아둔 초를 아예 꺼 버렸다.

"……?"

라이오스는 거기에서 멈추지 않고 방을 밝히던 램프까지 꺼 버렸다.

순식간에 방이 암흑에 잠겼다.

그제야 만족한 라이오스가 담백한 한마디를 건넸다.

"잘 자라."

그러고는 인사도 없이 방을 빠져나가 버렸다.

탁.

문이 매정하게 닫히고, 아렌트는 졸지에 어둠 속에 혼자 덩그러니 남겨졌다.

"……."

마치 기습이라도 당한 것 같았다.

아렌트는 라이오스가 떠난 자리를 황당하게 보는 것 외에는 아무것도 할 수 없었다.

해가 저물어 갈 무렵은 여관의 식당이 가장 붐비는 시간이었다.

하루 일과를 마치고 한잔 걸치러 온 이들과 식사를 하러 온 여관 투숙객들이 한데 모이며 즐거운 소란을 만들어 내곤 했다.

특히나 오늘은 행상에 나선 상인들이 우연히 한 식당에 모여든 덕에 평소보다 더욱 와자지껄했다.

상계를 뜨겁게 달구고 있는, 칸 연합과 이스트 상단의 경쟁에 대해 한바탕 토론이 벌어진 것이다.

"아렌트 경이 이스트 상단을 대놓고 비난했다더군. 기가 막히지 않나? 제국의 내로라하는 귀족들도 이스트 상단이라면 설설 기는데 말일세."

"어린 기사가 짧게 투덜거린 것 가지고 비난이라는 말은 좀 너무하지 않은가?"

"사람들이 모두 듣는 자리에서 비판을 입에 담았다면 그게 비난이지. 게다가 듣자 하니 상당히 신랄했다는 것 같던데?"

한 상인의 말에 맞은편에 동석한 이가 의아하게 물었다.

"뭐라고 했기에?"

"돈에 미쳐 유치하게 구는 상단주가 이끄는 상단이 오래 살아남을 리 없다고 했다던가."

상인이 목소리를 잔뜩 낮춰 속삭였다.

"이스트 상단이 일부러 칸 연합에 하등품이 들어가도록 수작을 부렸다더군. 아무래도 유치한 짓이라는 게 그걸 말하는 것 같아."

"사실 굳이 이스트 상단이 뒷공작을 하지 않았더라도 그쪽 눈치를 볼 수밖에 없는 일이지."

술로 목을 축인 이가 다시 말을 이었다.

"이스트 상단에 밉보이고 싶은 장사치가 몇이나 있겠는가? 그러니 이번에는 칸 연합…… 아니지, 아렌트 경이 경솔했다고 봐야지."

"지나치게 도발했지. 그냥 염탐꾼을 곱게 내쫓기만 했어도 이렇게까지 되지는 않았을 것 같군."

"그분은 장사치가 아니니 어쩔 수 없지 않은가. 하지만 좀 통쾌하기는 했네."

술에 취해 얼굴이 벌겋게 달아오른 상인이 낄낄 웃음을

터프렸다.

"천하의 이스트 상단이 좀도둑질이라니, 아직도 그렇게 믿고 있을 사람도 있지 않은가."

"속 시원하다는 건 동감이네만, 아무래도 상대를 잘못 골랐다고 봐야 하지 않겠나."

그 맞은편에 앉은 상인이 벌게진 얼굴을 갸웃했다.

"글쎄…… 상대를 잘못 고른 게 어느 쪽인지는 모르지. 누가 뭐래도 칸 연합 뒤에는 란슬롯 공작님이 계시니 말이야. 아렌트 경도 어리긴 하지만 만만치 않은 인물이고."

"란슬롯 공작님도 장사에는 썩 밝지 못하시네. 헨리 연합장과 아르크스 부연합장은 제법 재능이 있는 듯하지만, 그래도 이스트 상단주에게는 막대한 자금과 연륜이 있으니."

"그건 그렇지. 정면으로 승부하기는 아마 어려울 거야. 게다가 칸 연합 근처에 곧 다른 차 상점이 열린다더군."

"건물 매입부터 개업 준비까지 지나치게 빠른 것을 보아하니, 아마 이스트 상단이 개입한 일일 테지."

그렇지 않아도 칸 연합의 상황은 좋지 않았다.

이 와중에 바로 근처에 경쟁해야 하는 다른 상점까지 열린다면 칸 연합은 더욱 크게 휘청일 수밖에 없을 것이다.

상인 하나가 침음을 흘렸다.

"내 눈에는 고래 싸움에 새우 등 터진 걸로밖에 안 보이는군. 칸 연합이 무슨 잘못인가. 젊은 공자 둘이서 어떻게든 독립해 보려고 열심히 장사했을 뿐인데."

"허허, 그도 그렇군. 란슬롯 공작님도 체면이 있으니 이런 아귀다툼에는 끼어들지 못하실 테고."

칸 연합의 앞길은 그저 위태롭기만 했다.

상인들이 안타깝게 혀를 쯧쯧 찼다.

"공자님들이 제법 잘 가꿔 오셨는데, 내가 다 아깝군."

"그래도 어떻게 될지 모르니 당분간은 더 지켜봐야지."

그리고 조금 떨어진 테이블에서 그들의 대화를 가만히 듣는 한 사람이 있었다.

그다지 눈에 띄는 외모도 아니었고 존재감도 상당히 흐린 이였다.

그 탓에 식당 안에서 그를 눈여겨보는 사람은 아무도 없었다.

"맛있게 드십쇼."

종업원이 그의 앞에 술과 요리를 올려놓고 건성으로 인사를 건넸다.

마침 목이 타들어 가던 남자는 당장에 술을 한꺼번에 들이켜 버렸다.

쾅!

묵직한 잔을 거칠게 내려놓은 그의 입에서 신경질적인 혼잣말이 흘러나왔다.

"……이 애송이는 또 무슨 짓을 벌이는 거야?"

분명 얼마 전에 경고까지 전달한 그였다.

하지만 이 정신 나간 애송이는 몸을 사릴 생각 따위는 전혀 없는 것 같았다.

'무슨 계산인지는 알겠는데.'

렉시온은 쯧 혀를 차며 다시 술을 들이켰다.

진짜 큰일이 터지기 전에 모든 변수를 다 정리하겠다는 거겠지.

적당히 넘어가는 대신 미리 싹수를 잘라 버릴 속셈이 보였다.

걸어오는 시비를 피하지 않는 건 지극히 그 견습 기사다운 행동이었다.

하지만…….

'시기가 별로 안 좋은데.'

이도 저도 손에서 놓치지 않겠다는 욕심은 가상했지만, 구경꾼의 눈에는 상당히 아슬아슬한 곡예처럼 보였다.

그런 상념에 잠겨 있던 순간.

스륵.

갑자기 눈앞에 소리 없이 한 남자가 모습을 드러냈다.

"다녀왔습니다, 렉시온 님."

허공에서 갑자기 나타난 남자의 모습에도 렉시온은 놀란 기색이 전혀 없었다.

심지어는 주변에 바글대는 사람들 모두 그에게 시선조차 주지 않고 저마다 떠들기 정신이 없었다.

마치 애초부터 눈에 보이지 않는다는 것처럼.

렉시온이 고개를 까닥했다.

"수확은?"

"마력 반응은 말씀하신 대로 확인했으나, 아직 위치는 특정하지 못했습니다. 죄송합니다."

남자, 스텔이 고개를 조아리자 렉시온이 쯧 혀를 찼다.

"됐어. 나도 당장 못 찾아냈는데 네가 무슨 수로. 흔적은 어때. 놓쳤나?"

"아닙니다. 계속 추적하고 있습니다. 그리고 본단의 세력이 분산된 정황을 확인했습니다."

렉시온이 계속 말하라는 듯 눈을 가늘게 떴다.

스텔은 특유의 고저 없는 목소리로 보고를 이어 갔다.

"세력 일부는 칼리온 제국에 남아 있으나, 얼마 전 몇몇이 칼리온 제국의 국경에서 벗어난 듯합니다."

"이전에 남은 흔적은 아닌가? 다른 나라에서도 폭동이 벌어진 적 있다고 들었는데."

"아닙니다. 비교적 최근의 일입니다."

스텔의 단언에 렉시온이 천천히 고개를 끄덕였다.
"알겠다. 또 다른 특이점은?"
"칼리온 제국 서부에서 새로운 마력 반응이 느껴졌습니다. 마찬가지로 악신의 흔적입니다만, 아직 제대로 된 실체는 파악하지 못했습니다. 계속 추적 중입니다."
"……서부?"
가만히 듣던 렉시온이 슬쩍 눈썹을 휘었다.
"왜 그러십니까?"
"아니다, 아무것도. 그러면 네 본체는 그곳에 있나?"
"그렇습니다."
그의 대답을 듣는 둥 마는 둥 하며 렉시온은 상념에 잠겼다.
스텔은 그의 앞에 가만히 시립한 채 미동도 하지 않았다.
마치 자신이 작은 숨소리라도 내서 렉시온의 생각을 방해할까 두렵다는 것처럼.
얼마간의 시간이 흐르고, 드디어 렉시온이 다시 입을 열었다.
"당분간은 그쪽을 주시해. 가 봐."
"알겠습니다. 보중하시길."
고개를 깊이 숙여 예를 표한 스텔이 처음 나타날 때 그랬듯이 연기처럼 사라졌다.

소란 속에 혼자 남은 렉시온은 다시 고민에 빠져들었다.

'서쪽이라……'

렉시온은 소리 없이 눈동자만을 굴려 아직도 같은 화제로 떠들어 대는 상인들 쪽을 힐끗 보았다.

'우연인가?'

하지만 그렇게 여기기에는 꽤 공교로운 상황이었다.

아직은 아무것도 확언할 수 없는 상황이니, 좀 더 조사해야겠지만 아무래도 긴장의 끈은 놓지 않는 게 좋아 보였다.

교단이 제국 외부로 세력을 나눈 이유는 어렵잖게 짐작할 수 있었다.

칼리온 제국이 생각보다 선전하고 있는 탓이었다.

렉시온이 보기에도 그들은 꽤 순조롭게 악신교에 맞서고 있었다.

안팎을 정리하면서도 꾸준히 체르니온 교에 대한 경계를 늦추지 않으니, 신앙심으로 사람을 세뇌하는 그들의 방식이 제대로 먹혀들 리가 없었다.

게다가 주변국들도 칼리온 제국을 중심으로 전투 준비를 마쳐 가고 있었다.

'교단은 기습적으로 움직일 생각이었겠지만.'

기습적으로 들고 일어나는 것은 이미 실패했으니, 그들에게도 남은 선택지는 전면전뿐이었다.

지금 와서 세력을 나눈다는 것은 그들 역시 칼리온 제국 내부를 공략하는 걸 포기했다는 의미로 받아들여도 될 듯했다.

'……설마 그놈이 여기까지 예상한 건 아니겠지.'

자연스레 싸가지 없는 견습 기사가 떠올랐다.

지금껏 아렌트가 보인 행보를 종합해 보면, 마치 반드시 닥쳐올 악신교와의 전쟁을 대비해 온 것처럼 보였다.

적어도 제국이 속수무책으로 당하지는 않도록 황태자와 라이오스의 곁에서 지금껏 꾸준히 유도해 온 것이다.

하지만 렉시온은 곧 제 생각을 고쳤다.

미래라도 보고 온 게 아니라면 불가능한 일이었다.

드래곤조차 알 수 없는 것이 한 치 앞날인데, 한낱 인간 주제에 앞날을 꿰뚫어 봤을 리 없었다.

그렇다면 지금 결과는 우연의 산물이라고 보는 것이 옳을 텐데, 그것도 범상치 않은 일임은 확실했다.

진짜 미래를 보고 온 것도 아니면서 매 순간 최적의 선택을 내어놓았다는 뜻이었으니까.

'터무니없는 미친놈이더라도 신의 관심을 받을 정도는 된다는 건가.'

괴물 새끼.

속으로 그렇게 뇌까린 렉시온의 입에 헛웃음이 걸렸다.

* * *

노이만 상단의 화려한 응접실.

아렌트가 자리를 잡고 앉자마자 노이만이 착잡하게 말했다.

"칸 연합의 매출이 어제부로 최하를 기록했다고 합니다."

하지만 노이만의 맞은편에 앉은 아렌트는 차만 홀짝이며 늘 그랬던 것처럼 무심히 고개를 끄덕일 뿐이었다.

"그럴 때도 됐죠. 한 열흘 넘었나?"

"그쯤 되었습니다. 물건의 품질이 떨어지지 않도록 신경 쓰고 있지만, 아무래도 이스트 상단의 눈치를 보느라 방문객이 점점 줄어드는 듯합니다."

칸 연합은 도, 소매를 함께 진행하기에 차 상인들의 교류 장소까지 겸하던 곳이었다.

찻집으로 벌어들이는 수익보다는 도매와 상인들에게 받는 수수료가 더 큰 지분을 차지하고 있던 차에, 상인들이 거래를 끊어 버리니 속수무책으로 당할 수밖에 없었다.

"그런데…… 제가 묘한 이야기를 들었습니다만."

"뭔데요?"

곧장 날아든 짧은 물음에 노이만이 슬쩍 아렌트를 보며 조심스레 대답했다.

"아렌트 경과 이스트 상단이 기 싸움을 벌이느라 칸 연합이 그 피해를 고스란히 떠안고 있다는 내용이었습니다."

이스트 상단이 칸 연합을 깔아뭉개려고 안달이 난 동안, 당연히 아렌트도 가만히 있지 않았다.

모두가 들을 수 있는 곳에서 보란 듯이 이스트 상단을 험담한 것이다.

노이만이 긴가민가한 얼굴로 물었다.

"혹시 예상하신 일입니까?"

"어떨 것 같아요?"

느긋한 몸짓으로 찻잔을 내려놓으며 아렌트가 씨익 미소 지었다.

그 얼굴을 본 노이만이 힘 빠진 웃음을 터뜨렸다.

"역시 그랬군요."

"누가 봐도 지금 불쌍해진 건 칸 연합뿐이잖아요. 칸 연합의 운영에 제가 손대고 있다 오해한 건 이스트 상단이랑 에크하르트 백작님뿐일 테고."

다른 사람들 눈에는 그저 우연히 연합에 방문했던 아렌트가 깽판을 놓았고, 그 바람에 칸 연합이 고스란히 피해를 입은 것처럼 보일 것이다.

"게다가 연합장님은 이런 상황에도 차의 품질을 유지하겠다며 손해를 크게 감수하고 있잖아요. 사실상 별 타격은 없지만, 적어도 사람들 눈에는 엄청나게 무리하고 있는 것처럼 보일 거란 말이죠."

칸 연합의 창고는 하등품 차와, 애써 공수했지만 팔리지 않은 상등품 차 재고가 가득했다.

연합의 사정을 살피러 갔던 사람들이 저절로 연민을 느낄 만한 광경이었다.

게다가 늘 붐비던 곳에 파리만 날리고 있으니, 다른 사람의 눈에는 칸 연합이 대단한 위기에 빠진 것으로 비칠 수밖에 없었다.

"확실히 그렇군요…… 뭘 의도하신지는 잘 알겠습니다."

상단주가 선선히 고개를 끄덕이자 아렌트가 자연스럽게 화제를 돌렸다.

"그런 의미에서, 지켜보던 녀석들 쪽에서는 움직임이 좀 보여요?"

"네, 아렌트 경께서 기다리시던 소식입니다."

마치 그 말만을 기다렸다는 듯, 노이만이 잘 밀봉된 봉투를 그에게 건네주었다.

"제국 서부에 기반을 두고 활동하는 상단들의 최근 동향입니다. 역시나 모두 에크하르트 백작의 영지에 본단을 둔 곳들이었습니다. 조사해 보니 전부 백작이 직접 소유하거나 간접적으로 관여하는 무역상과 상단뿐이더군요."

"좋아요. 생각한 대로네요. 이쪽도 준비 끝났어요. 좀 빡세긴 했지만."

상단주와 견습 기사의 시선이 허공에서 마주쳤다.

잠시 후, 두 사람이 거의 동시에 장난기 가득한 미소를 지었다.

끊이지 않는 격무에 시달려 죽을 것 같았지만, 그래도 남을 골탕 먹이는 일은 언제나 즐거운 법이었다.

"······이보게. 원래 상점이라는 게 이리 뚝딱 생기는 거였나?"

누군가가 질린 목소리로 중얼거렸다.

그 옆에 서 있던 나이 지긋한 상인, 올리버 역시 그와 비슷한 심정이었다.

"뭐어, 아무래도 이스트 상단이니······ 불가능한 일은 아니겠네만."

이스트 상단이 건물을 매입했다는 풍문을 들은 것이 고작 얼마 전이었던 것 같은데, 지금 그들의 앞에는 호화로운 차 상점이 떡하니 자리 잡고 있었다.

분명 텅 비어 있던 건물은 단 며칠간의 작업 끝에 훌륭한 가게로 탈바꿈했다.

매대를 가득 채운 향기로운 찻잎은 모두 질이 좋아 보였고, 실내 역시 장식에 돈을 들인 티가 났다.

번쩍번쩍한 건물 내외부를 보던 올리버가 헛웃음을 터뜨렸다.

"그래도 이건 좀 심한 것 아닌가?"

오늘은 그저 가개점일 뿐인데도 상점 앞은 문전성시였다.

호기심에 구경하러 온 도시 사람들과 미리 이스트 상단과 거래를 트러 방문한 상인들.

상점에서 사용할 찻잎과 물건들을 풀어놓으러 온 인부들 등등, 온갖 사람들이 드나들며 거리 전체가 활기를 품은 것 같은 착각이 들 정도였다.

'그에 비해서……'

올리버의 시선이 칸 연합이 있는 거리 쪽을 향했다.

고작 걸어서 10분 정도만 가면 최근 이 도시의 명물로 자리 잡던 칸 연합이 나왔다.

하지만 이제 그쪽 길은 그저 한산하기만 했다.

'끝났군.'

조금 착잡해졌다.

노이만 상단이 칸 연합을 인수한다면 당장 살아남는 건 가능할 것이다.

하지만 폐 끼치는 것을 좋아하지 않는 헨리와 아르크스

가 굳이 노이만 상단에 연합을 떠넘길 것 같지도 않았다.

지금 칸 연합을 넘겨받는다는 건 그만큼 그만큼 손해를 감수해야 하는 일이었으니까.

이제 칸 연합에 남은 길은 동네의 자그마한 찻집 정도로 남든가, 완전히 폐업하는 것뿐이었다.

이스트 상단이라는 거인이 토해 낸 숨결에 막 피어나던 젊은이들의 작은 왕국이 당장이라도 숨통이 끊어질 처지가 된 것이다.

* * *

모든 것이 다 순조로웠다.

하지만 보고서를 읽는 안젤라의 표정은 마냥 개운하지만은 않았다.

잔뜩 긴장한 비서는 입을 꾹 다문 채 그녀의 눈치를 살피기만 했다.

불편한 침묵이 흐른 지 한참 뒤, 안젤라가 드디어 입을 열었다.

"상점은 문제없나?"

"가개점이었지만 제법 사람이 많이 모였다고 합니다. 이 정도면 장기적으로도 충분히 자리 잡을 수 있을 듯합니다."

"좋아. 오래 쥐고 있을 생각은 없지만, 팔기 전에 그래도 구색 정도는 갖춰 둬야지."

비서의 대답에 상단주가 천천히 고개를 끄덕였다.

말도 많고 탈도 많은 상점을 굳이 오래 끼고 있을 필요는 없으니까.

넘겨받을 사람도, 넘길 시기도 이미 정해져 있으니 그 전까지만이라도 차 상점을 그럴듯하게 만들어 둘 필요가 있었다.

보고서를 팔락, 넘기는 안젤라에게 비서가 다시 조심스럽게 말을 건넸다.

"인수자께서 며칠 안에 방문하시겠다는 뜻을 밝히셨습니다."

안젤라가 그제야 보고서에서 시선을 떼고 비서를 보았다.

무표정하던 얼굴에 굳이 숨기지 않은 언짢음이 묻어났다.

"너무 이르지 않나?"

"저 역시 그렇게 답변했습니다만, 이미 출발했다고 하셔서…… 그래서 일단 상단주님께 문의드린다고 전달드렸습니다. 아무래도 직접 확인하고 싶으신 듯했습니다."

"쯧. 하여간 성미도 급하시다니까. 꼼꼼하신 점은 마음에 들지만."

짜증스레 혀를 찬 상단주가 다 읽은 보고서를 탁, 덮었다.
"고객님 마음대로 해 드려야지. 도착하시는 대로 방문 일정 맞춰."
"네, 알겠습니다."
고개를 깊이 조아린 비서가 종종걸음으로 자리를 벗어났다.
다시 혼자 남은 안젤라는 짧게 한숨을 내쉬며 천천히 머리칼을 쓸어 올렸다.
그래, 모든 게 다 순조로웠다.
계획한 것들은 대부분 실현되었다.
일각에서는 건방진 견습 기사가 꾸준히 반격을 시도하는 것 같긴 했지만, 고작 그런 험담 한두 마디로 새삼스럽게 이스트 상단의 평판이 무너질 리 없었다.
노이만이 물심양면으로 칸 연합을 돕는 듯했지만 그마저도 무의미했다.
헨리 연합장이 자체적인 운영을 고집하는 이상, 외부인인 노이만이 참견하는 것도 한계가 있으니까.
그러니 이제 완전히 숨통을 틀어쥐었다고 여겨도 될 터였다.
'당연한 결과인데…….'
어째서인지 마음 한편이 영 개운치 못했다.

언젠가 찾아왔던 노이만과의 대화가 자꾸만 걸리는 탓이었다.

독립해 나간 후 처음 만난 노이만은 이스트 금고의 점장으로 있을 때보다 훨씬 좋아 보이는 얼굴이었다.

그리고 세상에서 그를 가장 잘 아는 사람은 바로 안젤라였다.

물러 터지고 어느 부분에서는 단호하지 못한 성정이었지만, 노이만은 결코 둔하거나 멍청한 자가 아니었다.

없는 말을 꾸며 내는 허풍선이는 더더욱 아니었다.

'절대로 건드려서는 안 되는 사람이라…….'

노이만이 아렌트 폰 에크하르트를 지칭하던 말이었다.

하지만 지금까지 지켜본 바, 그는 제 성질머리를 감당 못해 자꾸 일을 벌리는 어린애일 뿐이었다.

견습 기사의 그런 성정 덕분에 오히려 이번 일이 좀 더 빠르게 진행된 면도 있었다.

즉 칸 연합의 시점에서 아렌트란 불난 집에 부채질하는 얄미운 놈밖에 되지 않았다.

'그렇다면 헨리 연합장의 입에서 슬슬 원망의 말이 나올 법도 한데.'

칸 연합의 운영에 도움을 받아 왔으니, 그 은혜 때문에 차마 싫은 소리를 꺼내지 못하는 걸지도 몰랐다.

지금도 아렌트와의 연줄을 이용해 노이만 상단에게 의

지하며 간신히 목숨 줄을 이어 가는 입장이었으니까.

'하지만 연합장 입장에서는 얻을 게 없을 텐데.'

진정으로 연합을 지키고 싶다면, 차라리 아렌트와 자신은 관련 없다며 선을 긋는 게 더 나았을 터였다.

하지만 헨리와 아르크스는 그러지 않았다.

무리해서라도 차 품질을 유지하려는 등 사업장을 지키려 노력하는 게 보이긴 했지만, 외부적으로는 아무런 조치도 취하지 않은 것과 마찬가지였다.

사태를 악화시킨 아렌트를 탓하지도 않고, 심지어 이스트 상단을 비난하지도 않았다.

마치 그저 자신이 감당해야 할 것을 감당해야 한다는 것처럼.

'그저 하룻강아지라 그런가…….'

그게 아니라면, 노이만과 마찬가지로 누군가에게 맹목적인 믿음이 있는 것인가.

안젤라의 미간이 살며시 찌푸려졌다.

그녀로서는 이 상황을 뒤집을 만한 패가 뭔지 짐작할 수 없었다.

아니, 애초에 마지막 한 수라는 게 존재하긴 하는지부터가 의문이었다.

어쨌든 주사위는 굴려졌으니, 조만간 친애하는 동생과 벌인 내기 결과도 조만간 확인할 수 있을 것이다.

* * *

 이스트 상단의 차 상점이 열린 지 5일째.
 늘 붐비던 칸 연합 앞은 그저 한산하기만 했다.
 심지어는 할 일을 찾지 못한 헨리가 직접 연합 앞의 도로를 빗자루로 쓸어내릴 정도였다.
 그 모습을 가장 처음 발견한 사람은 잠깐 상황을 살펴보겠다며 칸 연합 근처로 왔던 올리버였다.
 "……연합장님, 여기에서 뭐 하십니까?"
 잠깐 주저하던 그가 말을 걸자, 청소에 열중하던 헨리가 고개를 들더니 곧 보기 좋은 미소를 지었다.
 "올리버 씨, 오랜만에 뵙습니다. 딱히 할 일이 없어서 직접 청소라도 해 보려고요."
 헨리 연합장에게 전혀 그럴 의도는 없었겠지만, 올리버의 귀에는 어쩐지 오랜만이라는 인사가 자신을 힐난하는 것처럼 들렸다.
 올리버는 슬쩍 헨리의 시선을 피하며 말머리를 돌렸다.
 "그…… 시종은 어찌시고요."
 "한산하기만 하니 며칠 휴가를 주었습니다. 그렇다고 연합장인 저까지 놀 수는 없으니까요."

공작가의 자제가 빗자루를 들고 가게 앞을 청소한다는 것은 단 한 번도 본 적 없는 일이었다.

  그만큼 칸 연합의 사정이 좋지 못하다는 거겠지.

  하지만 거기에 올리버가 함부로 동정을 표할 수도 없었다.

  그가 몸담은 상단은 이미 칸 연합과의 거래를 정리하고, 이스트 상단의 새로운 상점에 터를 잡기로 결정한 차였으니까.

  헨리 연합장 역시 그 사실을 모를 리 없었다.

  그런 와중에도 정중함과 상냥함을 잃어버리지 않는 연합장의 모습에, 올리버는 어쩐지 속이 타들어 가는 것 같았다.

  "차라도 한잔하고 가시겠습니까? 마침 남아도는 게 재고라, 좋은 차로 대접해 드리겠습니다."

  그래서 그런가, 응당 거절해야 할 제안이었지만 올리버는 그러지 못했다.

  그는 어색하게 웃으며 고개를 끄덕였다.

  "예. 호의 감사드립니다, 연합장님."

  단지 그 대답만으로도 기쁜 듯, 헨리의 미소가 좀 더 밝아졌다.

  결국 그는 반쯤 질질 끌려 들어가는 마음으로 연합 안에 발을 들이고 말았다.

"……."

올리버는 손님이 단 한 명도 없는 텅 빈 테이블에 새삼 놀랄 수밖에 없었다.

먼지 한 톨 없이 깔끔하게 정리된 홀은 방문객을 기다리고 있었지만 찾아드는 사람은 아무도 없었다.

매대에는 팔리지 않은 차들이 가득했다.

품질이 떨어졌다는 소문과는 달리 척 보기에도 빛깔과 향이 좋은 상품들뿐이었다.

"아 참. 먼저 오신 분이 계신데, 올리버 씨는 신경 쓰지 않으셔도 됩니다."

멍하니 연합 내부를 살피던 올리버는 헨리의 목소리에 퍼뜩 정신을 차렸다.

"방문객이요? 손님이 계신단 말입니까?"

"아니요, 손님은 아니고……."

헨리는 조용히 가게 안쪽을 가리켰다.

그제야 구석 자리에 마주 앉은 두 사람을 발견한 올리버는 흡, 하고 저도 모르게 숨을 들이켰다.

둘 중 한 명은 손님들에게 친근히 말을 붙이고 다니는 헨리와는 달리, 좀처럼 집무실에서 나오는 법이 없는 아르크스였다.

그 맞은편에 앉은 사람은 그의 동생이자 요즘 화제의 중심에 놓인 아렌트였다.

"사업 때문에 논의할 게 있어서 잠깐 아렌트 경께서 방문하셨거든요. 두 사람이 해결할 일이라 저는 잠깐 빠져 있기로 했습니다."

"아, 예……."

헨리가 설명을 덧붙이자 올리버는 바보처럼 고개를 끄덕이고 말았다.

잠시 후, 주방 직원이 차와 다과를 내어 와 올리버 앞에 내려놓았다.

헨리는 그의 맞은편에 앉아 직접 찻잔에 차를 따라 주었다.

"새로 들여온 북쪽의 차인데, 향이 독특해요. 아마 마음에 드실 겁니다."

"감사합니다."

올리버는 조금 불편한 마음으로 찻잔을 받아 들었다.

연합을 방문할 때마다 늘 헨리는 상냥하게 맞이해 주었지만, 상황이 이리되다 보니 익숙하던 친절도 부담스럽게 다가왔다.

이것이 자신이 가진 죄책감에서 온 것임을, 올리버는 지나치게 잘 알았다.

마치 그의 마음을 읽기라도 한 것처럼 헨리가 먼저 쓴웃음을 지었다.

"괜찮습니다. 어쩔 수 없는 일이라는 건 저 역시 잘 아니까요."

"……그렇군요. 고생 많으십니다, 연합장님."

차마 그와 눈을 마주칠 용기가 나지 않아, 올리버는 시선을 아래로 내리깔았다.

괜히 따스한 온기가 느껴지는 찻잔만 몇 차례 매만지던 그가 우물쭈물하며 말을 이었다.

"그, 연합장님은 원래 황궁에서 일하시던 분이고…… 공작가의 귀하신 분이기도 하니 미처 체감을 못 하셨을지도 모르겠지만 말입니다."

"예?"

"원래 장사치라는 건 세상에서 제일 치사한 족속입니다. 그러니 너무 사람을 믿지 마시고, 그러니까……."

너무 상처받지 말라는 위로를 하고 싶었을 뿐인데, 올리버는 차마 말을 끝맺지 못했다.

염치가 없다는 것을 자신 역시 잘 아는 탓이었다.

사업이 실패한다는 것은 그만큼의 손해를 감수해야 한다는 뜻이었다.

동시에 그 경험으로 얼마나 큰 패배감을 얻게 되는지도 잘 알고 있었다.

경제적 타격이야 그렇다 치더라도, 이 젊은이가 속으로 삭힐 치욕이 어떨지 올리버는 감히 짐작할 수도 없었다.

한참 동안 침묵하던 헨리가 입을 열었다.

"……치사한 족속이라."

어쩐지 어색하게 들리는 어조였다.

의아함에 고개를 든 올리버는 곧 쓴 미소를 담은 귀공자의 얼굴을 마주할 수 있었다.

슬쩍 올리버의 시선을 피하며 헨리가 덧붙였다.

"그…… 괜찮습니다. 걱정해 주시는 건 감사하지만."

"예?"

올리버가 어리둥절하게 되묻는 말에 헨리가 어설픈 미소를 흘렸다.

"진짜 치사한 사람은 따로 있거든요."

"그게 무슨 말씀이신지……."

여전히 올리버는 영문을 모르겠다는 표정이었지만, 헨리는 그저 웃음으로 얼버무릴 뿐이었다.

이 사람 좋은 상인은 모를 것이다.

그리고 아마 앞으로도 계속 모르는 편이 나을 듯했다.

헨리를 따라 연합에 발을 들인 순간부터, 그 역시 어느 견습 기사에게 코가 꿰인 것과 마찬가지라는 사실을.

아렌트는 도착하자마자 헨리에게 몇 가지 지령을 내렸다.

첫 번째, 최소한의 인원만 남긴 채 유급 휴가를 주고 내보낼 것.

두 번째, 직원 한 명을 이스트 상단이 연 차 상점으로 보낼 것.

그리고 세 번째가 이거였다.

불쌍한 척하면서 도로나 쓸다가, 제일 호구 같은 지인을 한 명 붙잡아 데리고 들어올 것.

거기에 당첨된 사람이 바로 올리버였다.

생글생글 사람 좋은 미소를 짓는 와중에도 헨리는 위장이 쓰려서 미칠 것 같았다.

'제3기사단 생활관에는 위장약이 언제나 구비되어 있다더니.'

그저 우스갯소리인 줄 알았던 말이 진짜라는 것을 몸소 체감한 헨리였다.

당장 자신과 아르크스만 해도, 며칠 내내 위장에 구멍이 날 것 같은 속쓰림에 시달리고 있었으니까.

아무것도 모른다는 얼굴로 자신을 바라보는 나이 지긋한 상인을 마주 보고 있자니 더더욱 양심에 찔려서 죽을 것 같았다.

"……과자라도 좀 더 드릴까요?"

"아니요, 괜찮습니다. 충분합니다."

알량한 죄책감이라도 덜어 보려 한 제안에 황송한 사양이 돌아왔다.

손을 내저은 올리버가 조심스러운 기색으로 물었다.

"그, 아렌트 경과 부연합장님은 연합 운영에 관해 논의하시는 겁니까? 왜 연합장님은 저기에 안 계시고……."

흐려지는 말끝은 왜 연합의 미래를 논하는 자리에 헨리가 빠져 있느냐는 점을 지적하고 있었다.

그 뜻을 알아차린 헨리가 답을 내주었다.

"아, 괜찮습니다. 저와는 이미 대화가 끝난 부분이라서요. 저 두 사람만 합의하면 되는 문제입니다."

"그러십니까?"

올리버는 호기심 어린 눈으로 아르크스와 아렌트 쪽을 보았다.

때마침 아렌트가 테이블 아래에서 아르크스의 정강이를 걷어차는 꼴을 보고는 재빨리 눈을 돌리고 말았지만.

시야 한쪽에서 부연합장이 다리를 부여잡고 바들바들 몸을 떨고 있었다.

올리버의 반응만으로도 뒤에서 어떤 상황이 벌어지는지 대충 짐작한 헨리가 어색하게 웃었다.

"그, 아렌트 경 나름대로 친근감을 표하는 방법이니까요. 저리 보여도 꽤 사이좋으니 걱정하지 않으셔도 됩니다."

"아, 예……."

전혀 믿지 않는 기색으로 올리버가 애써 고개를 끄덕였다.

하지만 갑작스레 벌어진 소소한 폭력 사태 덕분에 그의 호기심은 좀 더 커진 듯했다.

"혹시 그…… 무슨 방도를 마련하신 겁니까?"

"하하, 글쎄요. 방법이라고 자신 있게 말할 수 있으면 좋을 듯합니다만."

헨리가 머쓱하게 미소 지었다.

"그래도 가만히 있지만은 않을 겁니다. 아까 말씀하신 장사치의 마음가짐으로요."

"훌륭하십니다, 연합장님."

그제야 올리버의 얼굴에 옅은 미소가 드리웠다.

칸 연합에 드나들었다는 것이 들통났다간 자신의 상단주에게 불벼락을 맞겠지만, 그건 별로 중요하지 않았다.

헨리 역시 사람 좋은 웃음을 지어 주었다.

"사실은 아렌트 경이 새로운 거래처를 마련해 왔거든요."

"예? 거래처를요?"

이 상황에?

올리버는 목 끝까지 치고 올라오는 물음을 가까스로 삼켰다.

지금은 무리해서 사업을 확장할 때가 아니었다.

게다가 거래처를 늘리는 것은 이스트 상단과의 경쟁에 별로 도움이 되지 않을 것이다.

새로 거래를 튼다 한들, 그쪽 역시 언제 이스트 상단에 넘어갈지 모르는 실정이니까.

"그…… 연합장님, 외람된 말씀이지만……."

"무슨 걱정을 하시는지 압니다. 하지만 괜찮습니다."

눈치를 보던 올리버가 조심스럽게 운을 떼자 헨리가 가볍게 대답했다.

거기다 대고 올리버가 뭐라 더 말할 수 있을 리 없었다.

올리버는 차를 입에 머금었다.

'칸 연합이 회생을 시도한다고 상단주께 보고해야겠군.'

거래처가 어딘지 알아낸 다음, 경쟁력이 있겠다 판단되면 상단주도 마음을 돌릴지 몰랐다.

올리버가 몸담은 곳의 상단주도 이스트 상단과 문제가 생기기 전까지는 칸 연합에 제법 우호적이었으니까.

올리버가 그런 생각에 빠진 사이, 헨리는 제 등 뒤에 꽂히는 시선에 식은땀을 뻘뻘 흘려야만 했다.

싸늘한 감시의 눈초리를 보내는 사람은 다름 아닌 아렌트였다.

'생각보다 쓸 만하단 말이지.'

헨리는 제법 괜찮은 연기자였다.

연기보다는 능청을 떠는 데 익숙한 사람이라고 말해야겠지만, 속 쓰려 죽겠다는 얼굴을 하면서도 대본을 척척

소화해 내는 게 꽤 마음에 들었다.

불안한 눈으로 슬쩍 이쪽을 바라보는 헨리를 향해 아렌트는 약간의 만족감을 담아 고개를 끄덕여 주었다.

그제야 헨리도 안도의 한숨을 내쉴 수 있었다.

이 정도로 제 몫을 해냈다면 적어도 아르크스처럼 정강이를 걷어차일 일은 없을 테니까.

간신히 마음을 놓은 헨리가 거의 다 식은 차를 한 모금 마시려는 찰나.

달칵.

갑자기 연합의 문이 열렸다.

"저어, 연합장님……."

반쯤 열린 문 사이로 직원이 고개를 빼꼼 내밀었다.

과자를 입에 쏙 넣고 우물대며 아렌트는 갑자기 나타난 등장인물 쪽으로 시선을 주었다.

그녀를 알아본 헨리가 찻잔을 내려놓았다.

"카린? 빨리 돌아왔네."

이스트 상단의 상점을 한번 살펴보고 오라며 보낸 지 채 1시간도 되지 않았다.

복귀 시점은 따로 정해 주지 않았으니 언제 돌아와도 이상한 일은 아니었지만, 아무래도 상태가 영 안 좋아 보였다.

우물쭈물하던 카린이 조심스럽게 입을 열었다.

"손님 한 분을 모시고 왔는데요……."
"손님?"
헨리가 의아하게 말꼬리를 올리자 카린이 아르크스 쪽으로 시선을 보냈다.
"네, 그런데 부연합장을 만나 뵙고 싶으시대요."
"나 말인가? 누구시길래?"
예상치 못한 말에 아르크스가 살짝 인상을 찌푸렸다.
"드레이튼 님이라고, 성함을 들으시면 부연합장님이랑…… 아렌트 경은 알아들으실 거라고 말씀하셨습니다."
순간 아렌트는 자신을 불안하게 바라보는 아르크스와 눈이 마주치고 말았다.
아렌트는 아무렇지도 않게 아르크스의 시선을 흘려 버리며 생각에 잠겼다.
'드레이튼이라.'
낯선 이름은 아니었다.
노이만 상단의 정보상이 보내 준 서류에서 몇 번 본 적 있으니까.
에크하르트 백작가 산하의 상단을 이끄는 자로, 그중 가장 규모가 큰 곳을 담당하는 상단주였다.
하지만 드레이튼이라는 자는 단지 그런 의미로서 찾아온 건 아닌 듯했다.

방문객의 이름을 들은 뒤부터 아르크스가 안절부절못하며 눈치를 봐 댄다는 게 증거였다.

드레이튼은 이 형제와 사적으로도 안면이 있는 것이다.

"그으, 손님이 오신 듯하니까 저는 이만 가 보겠습니다."

불안하게 눈을 굴리던 올리버가 슬그머니 몸을 일으키려 했다.

하지만 아렌트가 먼저 선수 쳤다.

"아닙니다. 그냥 계세요. 아직 차도 덜 드신 듯한데."

"예, 예?"

화들짝 놀란 올리버가 눈을 휘둥그레 뜨자 아렌트가 담백하게 덧붙였다.

"그쪽이 먼저 오셨잖습니까. 뒤에 온 손님이 선객을 내쫓는다니, 말도 안 되는 일이죠."

기껏 모신 관객인데, 절대 놓칠 수는 없었다.

차마 거절하지 못한 올리버가 엉거주춤 다시 앉자 아렌트는 다음으로 아르크스를 힐끗 보았다.

"뭐 해요? 그냥 계속 밖에 세워 둘 거예요?"

"……들여도 괜찮나?"

"들여야죠. 기껏 찾아온 먹이, 아니지. 손님인데."

방금 먹이라고 하지 않았던가?

올리버는 제 귀를 의심하며 저도 모르게 아렌트를 보았다.

하지만 견습 기사의 무표정한 얼굴에서는 아무것도 읽을 수 없었다.

하지만 아르크스는 그 한마디에서 뭔가를 알아차린 모양이었다.

"하아…… 어쩐지 일부러 사람을 보내더라니."

골치 아파 죽겠다는 듯 관자놀이를 꾹꾹 누른 부연합장이 짧게 명령했다.

"모셔."

"네? 네! 알겠습니다!"

카린이 얼른 고개를 끄덕이고 문을 열어 주었다.

그러자 그녀의 뒤에서 잘 차려입은 남자와 수행원들이 기다렸다는 듯 연합 안으로 쏟아져 들어왔다.

가장 선두에 선 사람이 드레이튼임을, 아렌트는 어렵지 않게 알아보았다.

단정하게 차려입은 일행들과는 달리 자신의 부를 과시라도 하고 싶은 듯 화려하기 그지없게 꾸민 옷차림 탓이었다.

말 그대로 졸부라는 단어가 꼭 들어맞는 모습이었다.

가시방석에 앉은 것처럼 창백해진 올리버를 그대로 두고 헨리가 몸을 일으켰다.

"어서 오세요. 처음 뵙겠습니다, 드레이튼 님."

아르크스 역시 아렌트를 힐끗 보고는 자리에서 일어나 앞으로 나섰다.

"드레이튼 씨, 오랜만에 뵙습니다."

"갑작스럽게 죄송합니다, 연합장님. 그리고 도련님. 마침 근처에 온 김에 한번 얼굴이라도 뵙고 싶었습니다."

드레이튼이 씨익 웃으며 고개를 깊이 숙였다.

그 과장된 움직임에 목장식과 단추, 그리고 소매에 주렁주렁 달린 보석 장식들이 따라 흔들리며 잘그락 소리를 낼 지경이었다.

천천히 허리를 편 드레이튼이 아렌트에게 시선을 주었다.

그것을 알아차린 아르크스가 다급하게 끼어들려 했다.

"여기까지는 어쩐 일로……."

"작은 도련님은 정말로 오랜만에 뵙는군요."

하지만 그보다 드레이튼이 더 빨랐다.

"저를 알아보시겠습니까? 정말 많이 자라셨습니다."

"……."

망했다.

아르크스와 헨리의 불안한 시선이 허공에서 마주쳤다.

아렌트는 대답하지 않고 시선만을 슬쩍 올려 그를 보았다.

"마지막으로 뵈었던 게 작은 도련님이 아카데미에 입학하시기 이전이었지요? 상상했던 것보다 더욱 훌륭히 자라셔서 제가 다 뿌듯합니다."

드레이튼이 친근하게 말을 붙이면 붙일수록, 아르크스와 헨리는 더욱 초조해졌다.

아렌트의 무표정한 황금색 눈동자가 가만히 드레이튼을 향하는 것이 영 불안했다.

"어릴 때도 그러셨지만, 이리 장성하시니 더욱 백작 부인을 많이 닮으셨군요. 백작님께서도 자랑스러워하실 것이 분명합니다."

"……뭐."

한참 만에 아렌트가 입을 열었다.

별다른 표정 변화도 없이, 그가 앉은 채로 고개를 삐딱하게 기울였다.

"할 말은 많은데, 딱 세 개만 짚고 넘어가죠."

한없이 차분한, 무심한 쪽에 가까운 음성에 드레이튼이 말을 뚝 멈췄다.

"첫 번째. 내가 잘난 건 모든 사람이 다 아는 사실이에요. 굳이 짚어서 말 안 해도 됩니다. 괜히 입 아프게 무슨."

"……."

실컷 주절거리던 드레이튼이 뻣뻣하게 굳어 버렸다.

"두 번째. 백작님이 왜 자랑스러워하지? 내가 잘나서 잘 자랐을 뿐이지, 그 사람이 무슨 상관이라고. 그리고 마지막."

적막한 연합 안에 아렌트의 또렷한 목소리가 새겨졌다.

"당신 나 알아? 난 당신 모르는데."

"쿨럭!"

타들어 가는 목을 축이려 차를 마시던 올리버가 기침을 토해 내기 시작했다.

"콜록! 쿨럭! 죄, 죄송, 쿨럭!"

그가 급하게 사과했지만, 불행인지 다행인지 귀담아듣는 사람은 없었다.

올리버가 차를 줄줄 흘려 대며 켁켁대는 소리를 배경 음악 삼아, 아렌트가 언짢게 눈썹을 휘었다.

"건방지게 누구더러 도련님이래. 아렌트 경이라고 부르도록."

"……."

드레이튼은 완전히 할 말을 잃어버리고 말았다.

수행원들 역시 입을 쩍 벌렸다.

"쳐다보는 눈이 영 불손한데. 눈 안 깔아?"

얼빠진 채 굳어 버린 이들에게 아렌트가 마지막 쐐기를 박았다.

완벽한 기선 제압이었다.

(배신 기사의 유쾌한 신의 11권에서 계속)

월영신 지음
REUM 일러스트

천하제일 이인자 10

진백천이 죽었다.

"아아……."
남궁수아의 신형이 휘청거리고,
"진 오빠는 죽지 않았어요!"
유설영은 현실을 부정하며,
"내 눈앞에 녀석을 데려오란 말이다!"
왕사는 악을 쓴다.

그렇게 모두의 마음에 상처를 남긴 채
진백천이 사라진 그 즈음.

강을 따라 한 벌목장에
겨우 숨만 붙은 청년이 떠내려오는데.

"뭔가 다른 소중한 무언가가 기억이 나지 않아요."
"소중한 무언가?"
"여동생이 있었던 것 같고, 아닌 것도 같고……."